우리집 주소는
봉천동
339번지

우리 집 주소는
봉천동
339번지

초판 1쇄 인쇄   2010년 07월 10일
초판 1쇄 발행   2010년 07월 15일

지은이 | 한재준
펴낸이 | 손형국
펴낸곳 | (주)에세이퍼블리싱
출판등록 | 2004. 12. 1(제315-2008-022호)
주소 | 서울특별시 강서구 방화3동 316-3 한국계량계측회관 102호
홈페이지 | www.book.co.kr
전화번호 | (02)3159-9638~40
팩스 | (02)3159-9637

ISBN 978-89-6023-389-8  03810

이 책의 판권은 지은이와 (주)에세이퍼블리싱에 있습니다.
내용의 일부와 전부를 무단 전재하거나 복제를 금합니다.

우리집 주소는
봉천동
339번지

한재준 소설

ESSAY

| 머리말 |

내 나이 서른일곱이 다 되어서야 나의 어릴 적 기억들을 되새겨 보았다.

처음에는 그저 막연히 떠오르는 기억들을 적어 내려갔던 것이 어느덧 소설이란 이름으로 책 한 권이 되어 갈 즈음 나의 이런 추억들이 다른 이에게는 치부가 될지도 모른다는 생각에 잠시 망설였던 적도 있었다. 하지만 추억이란 그 무엇보다도 아름다울 수 있기에 다시금 용기를 내었고 주인공 이한섭을 통해 나는 옛 기억 속에서 울고 웃으며 내가 사랑하는 이들의 지난날을 돌아보며 그들만의 아픔과 행복을 함께 할 수 있었다.

우리 집 주소는
봉천동
339번지

그리 멀리 있지 않지만 늘 잊고 살았던 아름다운 추억들.
부디 이 책을 읽는 이들 또한 각자의 소중한 추억에 잠시나마 미소 지을 수 있길 바라며 끝으로 이 글을 쓰기까지 오랜 시간동안 늘 곁에서 힘이 되어준 나의 소중한 이에게 감사의 말을 전한다.

2010년 7월
한재준

# 1

"어머나! 이게 웬일 이래."

할아버지가 다쳤다. 이마와 무릎에는 피가 흐르고 바지자락이 찢긴 채 일어날 힘조차 없는지 바닥에 멍하니 앉아 있었다. 곧 이어 사람들이 할아버지 주변에 모이고 이 상황이 그저 재미있는 구경거리인 듯 소곤대며 물끄러미 바라만 보고 있었다. 나는 이런 할아버지가 창피해 모르는 척하며 멀리 도망가 먼발치에 숨어 지켜보고 있었다.

내 나이 일곱 살.

몹시도 가난했던 우리 집은 생활보호대상자로 때가 되면 동사무소에서 쌀이며 밀가루를 배급받아 생활에 보탬을 하곤 했다. 이날도 할아버지와 난 리어카를 빌려 동사무소에 배급품을 받으러 다녀오는 길이었다.
 동사무소에서 집으로 오는 길은 비탈이 심하게 진 길이어서 할아버지는 나에게 뒤에서 잘 잡아 달라는 당부를 하고 앞장서 내려갔다. 하지만 일곱 살의 어린 나에게는 힘에 부쳤던 터라 그저 잡고만 있을 뿐 힘을 보탠다기보다는 그냥 리어카에 매달려 간다는 것이 맞았을 것이다. 조금 내려갔을까. 왠지 리어카에 속도가 빨라지는 듯 싶더니 곧바로 내 손에서 리어카는 떨어지고 말았고 눈에서도 점점 더 멀어지고 있었다.
 "어…… 어…… 어……."
 할아버지의 절박한 외침이 들려왔다. 할아버지는 리어카에 무게를 이기지 못해 비탈길을 내 달리고 있었다. 어떻게든 세워보려 안간힘을 쓰고 있었지만 멈추는 기색이 없어보였다. 할아버지의 안간힘에도 불구하고 점점 더 속도가 붙은 리어카는 요란한 소리와 함께 야채가게에 곤두박질쳐 할아버지가 계란과 야채를 흥건히 뒤집어쓴 후에야 멈춰 섰다.
 순간 내 심장이 빠르게 뛰었나. 온 몸에 선기가 흐르는 것 같이 굳어버리는 듯했다.
 겁이 났다. 할아버지에게 달려가야 하나 하는 생각도 했다. 하지만 난 할아버지가 있는 곳이 아닌 다른 곳을 향해 사력을 다해 뛰어갈 수밖에 없었다.
 "으…… 으…… 으……."
 할아버지의 신음소리가 가늘고 흐릿하게 나에게 들려왔다. 무슨 정신인지 나뒹굴어진 고무신을 바로 신으며 자꾸만 일어나려 애를 썼지만 번번이 비틀대다 그 자리에 풀썩 주저앉고 말았다.

전봇대 뒤에 숨어 할아버지를 지켜보는 내 눈에도 할아버지의 모습은 애처로워 보였지만 나는 행여나 오가는 친구들에게 들키지나 않을까 전봇대 뒤에 숨겼던 몸을 바짝 더 움츠리고 있었다. 이윽고 얼마 동안 주저앉아 있던 할아버지가 정신이 들었는지 머리를 조아리며 두 눈을 치켜 뜬 주인아주머니에게 연신 죄송하다는 말을 하는 것 같았다. 그리곤 당신의 아픈 상처는 돌보지도 않고 주섬주섬 바닥에 흩어진 야채들을 주워 모으기 시작했다. 아직까지도 나는 이런 할아버지의 모습을 숨죽이며 지켜보고만 있을 뿐 뭐가 그리도 나를 창피하게 만든 건지 그냥 모르는 사람인 척 지켜만 보며 할아버지에게 다가갈 수가 없었다.

지금 생각해 봐도 리어카를 잘 잡지 못했다는 죄책감과 다친 할아버지가 걱정도 됐었지만 어린 나에게는 그보다 창피함이 우선이었나 보다.

그날 이후 아버지는 할아버지를 보내지 않았고 덕분에 나도 더 이상 할아버지를 따라 동사무소에 가지 않아도 됐다. 할아버지가 다친 건 나도 슬펐지만 배급품을 타러가는 것을 창피해 했던 내게는 좋은 일이었다.

아버지가 건사해야 할 우리 집 식구는 정말 많았다. 할아버지, 할머니, 어머니, 그리고 누나 다섯에 나까지 십여 평 남짓 되는 작디작은 집에서 살기에는 많이도 버거운 대가족이었다.

그런데 신기한 것은 콩알만 한 이 집이 내 눈에는 별로 작아보이지도 불편함도 없었다는 것이다. 아직은 어린 탓에 나만의 공간을 갖고자 하는 생각도 없었고 처음부터 넓은 집에서는 살아보지 않아서 이런 집이 익숙했던 것 같기도 하다.

하지만 누나들은 내 생각과는 많이 달라보였다. 볼멘소리로 아버지에게 자기들의 방이 없다는 것에 대한 불편함을 호소했다. 누나들의 이런 불만을 듣고도 아버지는 눈 하나 깜짝하지 않고 입버릇처럼 하던 말이 있었다.

"지금도 집 없이 다리 밑에서 비닐치고 사는 사람들이 더 많아! 그나마 다리 뻗고 잘 수 있는 이런 집이라도 있는 걸 고맙게 생각해야 돼!"

이 소리에 누나들이 뽀로통해져 있는 것을 보면 아버지는 이내 한소릴 덧붙였다.

"사람이 아래를 봐야지 위만 쳐다보고 살면 고마움도 모르고 사는 거야."

슬금슬금 자리를 피하는 누나들이 뒤꽁무니에 아버지의 훈계가 이어졌다.

이때마다 누나들은 아버지의 말은 귀에 들리지 않았나 보다. 오히려 아버지가 답답해 보였는지 자기들 생각은 조금도 안 해준다며 빨리 집에서 벗어나고 싶다는 말을 한 적도 있었고 버릇없이 콧방귀를 뀌는 누나도 있었다. 그때는 몰랐지만 지금 생각해 보면 누나들이 왜 그리 아버지를 답답해하고 못마땅해 했는지 이해가 간다.

큰누나와 둘째 누나는 내가 아주 어릴 적부터 함께 산 기억은 없다. 아주 가끔 집에 들를 때는 있었지만 이것도 손에 꼽을 정도였다.

손바닥만 한 집에 가족까지 많아 누나들이 있을 곳도 변변치 않았고 부모님을 도와 먼저 태어난 죄로 동생들 뒷바라지를 위해 어머니 손에 이끌려 요꼬공장에 나가야만 했다.

그래서 누나들은 공장 언저리에 있는 기숙사에 머물면서 우리와 떨어져 생활을 해야만 했던 것이다. 그렇다고 우리 어머니가 어린 자식을 내몰아 돈을 벌게 하는 동화책에서나 나올법한 계모 같은 나쁜 어머니는 아니다. 누나들 또한 스스로가 동생들에게 방을 내어주고 뒷바라지를 해야 한다는 것을 당연하게 여겼는지도 모른다.

이렇게 큰누나와 둘째 누나의 공장기숙사 생활로 그나마 방 한 칸에 누나들 셋이서 지냈지만 사춘기를 지나 성인이 되어갈 때까지도 연애편지 한 장 제대로 쓸 만한 자기만의 공간이 없다는 것이 얼마나 불편하고 싫었을까. 그리고 이런 누나들의 마음을 관심조차 가져주지 않는 아버지가 많이도 원망스러웠을 것이다.

또 한 번의 아버지와 누나들 사이의 냉전이 끝나고 내가 막 잠이 들 즈음 내 귀에 어머니의 나지막한 목소리가 들렸다.

"여보 애들도 힘들 텐데 너무 뭐라고 하지 마세요. 지들도 오죽 싫으면 큰애까지 저러고 말을 할까요. 방을 어떻게든 만들어줘야 하지 않겠어요?"

잠결에 들은 어머니의 말은 나와는 상관없는 일이라는 생각에 무심코 넘기고 다시 잠을 청했다.

그 후 며칠이 지나 우리 집에 마법 같은 일이 생겼다.

당시 이 집으로 이사 올 때만 해도 집 밖으로 나 있는 재래식 화장실이 딸린 방 두 칸짜리의 집이었다. 아버지는 방 한 칸에 합판으로 벽을 만들고 문을 내어 누나들과 할머니 할아버지가 사용할 두 개의 방으로 만들어 주었고 난 아버지 어머니와 한방을 쓰게 되었다. 이렇게 해서 지금의 우리 집 구조는 굳이 나누자면 세 개의 방과 다락으로 이루어져 있었는데 며칠 전 잠결에 들은 어머니의 말대로 아버지는 누나들의 방을 만들어주기 위하여 대대적인 공사를 시작했던 것이다.

공사라고 해봐야 아버지 혼자 "투닥투닥" 거리며 톱으로 나무를 자르고 못을 박는 게 고작 이지만 나와 누나들은 올망졸망 모여 앉아 아버지 곁을 지키며 기대감이 가득 찬 눈으로 바라보고 있었다. 그리고 나의 눈에는 이런 아버지의 모습이 나의 우상이었던 만화영화의 로봇주인공 "짱가"처럼 이 세상에서 못 하는 일이 없을 것만 같아 보였다.

누나들은 방이 생긴다는 설렘도 설렘이지만 자기들이 지키고 서 있지 않으면 왠지 아버지가 방을 만들어주지 않을 것만 같은 걱정에 선지 온종일 이비지 곁을 띠니지 않았다.

좁은 골목 집 앞에서 일을 하는 아버지의 모습을 보며 오가는 동네 아저씨 아주머니들도 궁금해 하긴 마찬가지였다.

"뭘 만드시나 봐요?"

"무슨 공사하세요?"

이때마다 아버지가 대답할 틈도 없이 누나들은 일제히 합창하듯 말했다.

"아버지가 저희들 방 만들어 주시는 거예요!"

이런 누나들의 대꾸에 호응을 해 주는 건 앞 집 석현이네 아주머니였다.

"그래 정자는 방이 생겨서 좋겠네, 다 만들어지면 아줌마도 꼭 초대해줘야 한다."

아주머니는 장단을 맞추어 주었다. 하지만 난 누나들의 방이 만들어진다는 것에는 별로 관심이 없었다. 그보다는 볕 좋은 오후에 어머니가 끓여 준 국수를 먹는 것이 더 좋았고 온 종일 가족과 함께 보내는 지금 이 시간이 나에겐 더없는 행복이었다.

누나들의 방 만들기는 이후에도 며칠 간 계속됐다. 드디어 기대하고 바라던 누나들만의 공간이 완성되던 날 이제 남은 건 누가 그나마 더 큰방을 쓰느냐는 것이었다. 그래봐야 도토리 키 재기지만 누나들은 서로서로 눈치를 보며 아버지가 정해 주기를 기다리고 있었다. 아버지는 누나들을 한데 불러 모았다.

"정자는 지금 쓰던 방을 그대로 쓰면 되고, 미경이가 새로 만든 방을 쓰도록 해. 진영이 는 다락방이 네 방이야."

얘기를 마친 아버지는 누나들의 말은 들어보지도 않고 이 말만 하고는 이내 자리에서 일어나 버렸다. 더 이상 누나들이 방 때문에 다투지 못하도록 하기 위한 것처럼 보이기도 했지만 자식들에게 이것밖에 해주지 못하는 당신의 미안한 속내를 보이고 싶지 않아서였을지도 모른다.

아버지는 누나들 방을 만드는 김에 할머니에게도 작은 선물을 했다. 누나들 방과 할머니 방 사이에 얇은 합판으로 만들어 놓았던 벽을 헐어내고 대신 묵직하게 만든 미닫이문으로 만들어 준 것이다. 덤으로 방문에 붙어있는 구멍 뚫린 창호지도 말끔히 손봐주었다. 동네 할머니들은 유독 우리 집에 마실 오는 것을 좋아했다. 할머니 방이 워낙 좁아 느지막이 온 할머니들은 문 앞에서 앉다 서다를 하다 집에 돌아가야 했다. 이것이 마음에 걸렸던지 마실 온 할머니의 수가 많은 날에는 이 문을 열어 방을 더 넓게 쓸 수 있게 한 아버지의 배려였다.

　이렇게 할머니의 방까지 고쳐지고 나니 처음에는 세 개이던 방이 놀랍게도 다락방까지 포함해 모두 다섯 개의 방이 만들어졌다.

　누나들은 이내 준비라도 한 것처럼 자기들이 좋아하는 가수의 사진을 벽에 붙이고 자기물건을 옮기느라 한 바탕 어수선했다.

　고생한 아버지에게는 미안한 말이지만 지금 떠올려보면 누나들이 그렇게나 어수선을 떨 만큼 근사한 방은 아니었다. 책상하나 놓여 있지 않고 엉성하게 만들어진 것이 너무나 볼품없는 방이었다. 또 워낙에 작은 집을 쪼개고 쪼개 만든 방들이라 옆방에 지나가는 개미 소리까지 들릴 지경이니 철저하게 단절된 자기들만의 공간을 꿈꾸던 꿈 많은 소녀들의 바람과는 너무도 달랐으리라.

　하지만 그때의 누나들에게는 아버지가 만들어준 이 작고 초라한 방이 침대가 놓여 있고 핑크빛 꽃무늬로 도배되어져 있는 그 어떤 방보다 소중한 자신들의 방이었을 것이다.

　아버지가 방을 만들어줘 덕을 본 건 누나들뿐이 아니었.

　그나마 예전보다는 그럴 듯한 할머니 할아버지 방이 생겨서일까.

삼촌들 중에 내가 가장 잘 따랐던 여섯 째 삼촌도 우리 집을 찾는 일이 잦아졌다. 물론 맨 정신보다는 매번 술에 취한 모습이었다. 삼촌의 방문은 늘 새벽녘이 다 돼서야 비틀거리는 몸으로 찾아오곤 했다. 어느 날은 집 밖에서 고래고래 소리를 지르거나 남의 집 대문 앞에 주저앉아 할머니를 부르며 할머니가 나오기를 바랄 때도 있었다. 무슨 연유인지 한없이 흐느꼈고 갓난아기가 옹알이하듯 중얼대며 밤을 지새우기 일쑤였다. 그래서 삼촌이 오는 날은 할머니 할아버지뿐 아니라 가족 모두 꼬박 밤을 지새울 때도 많았다. 아버지의 일곱 형제 중 유난히 술을 좋아 했고 이렇다 할 직업조차 없던 삼촌은 할머니 할아버지의 속을 썩이는 아들이었지만 지금 내게 그려지는 삼촌의 모습은 자유를 찾아 갈망하는 보헤미안의 상념을 품고 있는 멋진 사내이지 않았을까 하는 생각도 든다. 하지만 새벽녘 술 취한 몸으로 우리 집을 찾는 삼촌을 아버지조차 그리 달가워하지 않았던 걸 보면 아버지의 눈에는 나와 달리 그저 술을 좋아하고 부모 속을 썩이는 걱정 많은 사내로 밖에는 보이지 않았나 보다.

  그 당시 여섯 째 삼촌은 해방촌이라는 곳에 살고 있었다. 마치 벌집처럼 쪽방들이 다닥다닥 붙어 있는 어두컴컴한 골목에 삼촌 방이 있었고 그곳에서 혼자 자취를 하며 살았다.

  삼촌은 나를 자주 이곳에 데려왔고 올 때마다 라면을 끓여주었다. 라면을 먹는 동안 삼촌은 내가 알아듣지도 못하는 삼촌만의 세상사를 주저리주저리 얘기하는 걸 좋아했다. 오늘도 이런 삼촌의 세상사를 들어주는 것이 나의 일이라면 일이다.

  내가 라면을 다 먹어갈 때쯤 어딜 가려는지 삼촌이 외출할 채비를 했다. 밖으로 나가 삼촌의 손을 잡고 꼬불꼬불 몇 갈래의 골목을 지나 도착한 그곳은 내 눈에 보기에도 추레해 보이는 낡은 술집이었다. 크리스마스도 아닌데 언제 걸어놓았는지 먼지가 수북이 쌓인 트리가 너저분하게 걸려 있었다. 천장에 위태롭게 매달려 있는 백열전구도 촉이 다 닳아 어둑어둑 해 보였다.

삼촌과 내가 자리를 잡고 나자 의례 그런 냥 시키지도 않은 막걸리와 부침개를 가져다주는 걸 보니 이곳은 삼촌의 오래된 단골집처럼 보였다. 삼촌은 목이 컬컬했는지 이내 막걸리를 한 사발 들이켰고 덤으로 딸려 나온 부침개는 내 몫이었다.

"삼촌 근데 왜 할머니 앞에서 우는 거야? 삼촌이 뭘 잘못 했어?"

어느 덧 삼촌의 취기가 오를 때쯤 나는 삼촌에게 평소 궁금했던 걸 물어보았다.

"아무 잘못 안 했어. 그냥 슬퍼서 우는 거야. 섭이 네가 크면 삼촌이 왜 울었는지 너도 알게 될 거야."

내 질문이 뜬금없었는지 삼촌은 내 코를 한번 비틀어 쥐었다. 그리고는 막걸리 한 사발을 단숨에 들이켜더니 바로 말을 이었다.

"삼촌이 돈 많이 벌면 우리 섭이 다 줄게. 삼촌은 하나도 필요 없어! 네가 커서 실컷 쓸 수 있게 삼촌이 돈 다 줄 거야."

말을 끝낸 삼촌의 표정은 왜 그런지 어두워 보였지만 삼촌의 말에 내 마음은 들떠 있었다.

"정말! 그럼 난 부자네! 내가 사고 싶은 거 다 사야지. 삼촌 이제 슬프지 마, 울지도 말고. 내가 부자 되면 삼촌 맛있는 거 많이 사 줄게 알았지!"

이런 나의 말을 듣고도 삼촌은 나처럼 들떠 보이지 않았다. 아무 대꾸 없이 술 한 잔을 따랐다. 고개 숙인 삼촌의 얼굴은 한동안 술잔에 비쳐지고 있었다.

우리 아버지 형제는 할머니 할아버지의 좋은 금슬 덕에 아들만 일곱이나 낳은 칠 형제였다. 할머니 말대로 도깨비가 개울에서 빨래를 했다는 그 시절에는 뭐 그리 대단하고 놀랄 일도 아니었겠지만 독수리 오형제처럼 지구를 지키려는 막중한 사명감이 있던 것도 아니고 어쩌면 딸 하나 없이 아들만 일곱을 낳을 수 있는지. 그 덕에 일곱 형제들 중 누구 하나라도 동네에서 맞고 올라 치면 맏이인 우리 아버지의 지휘아래 일곱 형제의 복수의 난이 시작되었다고 한다. 그래서 그 동네에서는 감히 우리 아버지나 다른 동생들을 그 누구도 쉽사리 건드리는 일은 없었다고 했다. 그도 그럴 것이 일곱 명의 사내아이들이 한꺼번에 덤빈다면 그 누가 당해낼 재간이 있겠는가. 하지만 계집아이 하나 없이 사내들만 커서 그런지 몰라도 아버지와 삼촌들이 모두 모일 때면 다툼이 있거나 삭막함이 흐를 때도 있었다. 이런 이유는 아니지만 나는 어릴 적부터 고모가 있는 친구들을 무척이나 부러워했다.

삼촌에게서는 느낄 수 없는 엄마와 같은 따스함이랄까……. 불행히도 난 이런 따스함을 지닌 고모는 가질 수가 없었지만 대신 아버지와 같은 든든한 여섯 명의 삼촌을 갖게 되었다.

지금도 그렇지만 여섯 명의 삼촌 모두를 볼 수 있던 때는 우리 집에서 지내던 제삿날이었다. 비록 많이 배우지 못해 모두가 양복대신 작업복을 입어야 했고 서류가방 대신 삽자루를 들고 고된 일을 하며 살아가지만 이날만큼은 평소에 하지 않던 넥타이며 장롱 속에 모셔두었던 양복 한 벌을 차려입고 저마다 뽐을 내며 우리 집에 모였다.

장남으로 태어난 아버지 덕에 어머니는 그렇잖아도 없는 살림에 일 년에 대여섯 번이 훌쩍 넘는 제사를 모시느라 때만 되면 고생이 이만저만이 아니었다. 하지만 나는 달랐다. 나에게 이날은 어머니에게 떼를 쓰지 않아도 맛난 것들을 실컷 먹을 수 있는 기분 좋은 날이기 때문이다. 작은 집들 모두가 우리 집에서 멀지 않은 곳에 살고는 있지만 서로가 자주 보는 것이 아니어서 반가운 사촌들을 볼 수 있다는 것도 나를 기분 좋게 하는 이유였다. 그리고 겨우 눈깔사탕 하나 사먹을 정도의 돈이지만 어머니 몰래 삼촌이 주는 용돈까지 생긴다는 것에 나는 우리 집 제삿날을 손꼽아 기다리곤 했다. 제삿날이 되어 사촌들이 다 모인 우리 집은 마치 고아원을 방불케 한다. 우리 집 형제들만 해도 나를 비롯해 누나가 다섯인 육남매에다 작은 집 사촌들의 수도 만만치 않은 터라 사촌늘이 다 모이면 발 디닐 틈소차 없는 우리 집은 콩나물이 가득실린 콩나물시루가 되어버린다. 게다가 여섯 명의 삼촌들과 작은어머니들까지 포함하면 그 수는 가히 짐작하고도 남을 것이다. 사정이 이런 탓에 우리 가족들만 살기에도 너무나 비좁았던 우리 집은 이런 대가족이 들어 와 있을 곳은 없었다. 그래서 제사 때마다 어른들은 우리에게 방을 내주고는 추운 겨울에도 주로 집 밖에서 서성일 수밖에 없었다. 또 제사상을 모시는 안방이라고 해봐야 크지도 않은 제사상이 반절을 차지하고 나면 매번 고작 두어 명씩 순서를 정해 절을 할 수밖에 없었고 절을 하고 나서도 다음 사람을 위해 이내 밖으로 나가야 했다. 여자를 제외한다 해도 가뜩이나 절 할 사내들도 많은데다가 차례를 기다리며 절을 하려니 방 넓은 집이라면 금방 끝날 지도 모를 제사가 우리 집은 꽤 오랜 시간이 걸렸다. 이 와중에도 누나들은 자기들의 방이 생긴 것에 대해 연신 사촌들에게 자랑하느라 정신이 없었다. 어느 정도 제사가 끝나갈 무렵이면 내게도 할 일이 생긴다. 다름 아닌 상위에 놓인 곶감과 약과의 개수를 세는 것이었다. 우리에게 인기가 제일 좋았던 곶감과 약과의 개수가 많으면 많을수록 나의 몫도 많아졌기 때문에 내게 있어 이것들의 개수를 세는 것은 중요한 일이었다. 제사가 끝나면 각자 좋아하는 것을 조금이라도 더 차지하기 위한 우리들의 치열한 쟁탈전이 벌어진다. 사촌 중에 여우같은 여자 아이들은 자기 것을 하나라도 더 가지려는 속셈으로 "큰엄마" "큰엄마"를 부르며 일찌감치 졸졸 우리 어머니 뒤에서 비위를 맞추는 사촌들이 있는가 하면 자기 동네 주먹 대장이던 사촌형은 비겁하게도 제사가 끝나기가 무섭게 잽싸게 달려 나가 약과와 곶감들을 주머니에 넣어 도망가 버리기 일쑤였다. 또 다른 사촌형은 나이가 많다는 이유로 우리들보다 선수를 쳐 상 위에 차려놓은 음식들을 골라먹는 일도 있었다. 이럴 때마다 약이 바짝 오른 나와 사촌들은 큰 엄마인 우리어머니에게 이르느라 바빴다. 그래서 어느 때부턴가 어머니는 나름대로 공평하게 나누어 주기 위해 생각해 낸 것이 있었다. 요강사탕이나 꽃문양 사탕이 들어있던 종이상자에 나이순으로 줄을 세워 배급을 해 주는 거였다. 이것으로 제사 때마다 벌어졌던 우리들의 싸움도 끝이 날 수 있었다. 제사를 마친 어머니는 오늘도 어김없이 인자한 얼굴로 우리들을 줄 세웠다. 누나들의 방이 생긴 후 첫 번째 맞는 제삿날 밤은 오늘도 어머니로 인해 평화롭게 깊어만 갔다.

## 2

찰칵!

사진사 아저씨의 카메라 셔터 누르는 소리와 함께 나의 초등학교 생활은 시작되었다. 나의 입학식 날 아침 어머니는 여느 때와 달리 분주해 보였다. 아버지도 입학식에 깨끗이 가야한다며 나를 데리고 때를 밀러 목욕탕에 다녀왔고 어머니도 이른 아침부터 동네 미용실에 들러 파마까지 한 모양이다.

어머니는 아끼던 빨간색 립스틱까지 칠하고는 가지고 있는 옷들이 영 마음에 안 드는지 꽤나 오랫동안 거울 앞에서 시간을 보냈다. 나의 입학식이라고 어머니도 사람들에게 잘 보이고 싶었던지 한껏 멋을 내고 있었다. 하지만 방금 파마를 해서 그런지 뽀글뽀글한 머리에 분을 발라 하얀 얼굴 위로 빨간 립스틱까지 바른 모습이 얼핏 보면 예전 우리 동네에 왔었던 서커스단의 피에로 같아 보이기도 했다. 어머니는 지금 입고 있는 옷이 마음에 들었는지 꺼내놓았던 옷들을 다시 옷장에 챙겨 넣었다. 잠시 후 기다리고 있던 내게도 옷을 입혀주었다. 내 취향의 옷은 아니지만 새 옷 냄새가 나는 걸 보니 미리 사 놓은 것 같았다. 어머니는 손수 내 얼굴에 로션까지 발라주었고 얼굴에 발라주던 로션을 나의 머리에 바르더니 참빗으로 곱게 빗어 완벽한 이 대 팔 가르마를 만들어 주었다. 나의 옷매무새를 다시 한 번 매 만진 어머니는 나의 왼쪽 가슴에 사각형의 노란색 이름표와 손수건을 함께 달아주며 말을 했다.

"섭아, 혹시라도 코가 나오면 옷에다 닦지 말고 지금 달아준 이 손수건에 닦아야 한다."

어머니는 내 가슴에 달린 이름표를 보며 흐뭇한 미소를 지었다.

"우리 섭이가 이제 다 컸네! 학교도 다니고. 학교 가서 선생님 말씀 잘 듣고 친구들하고 사이좋게 지내야 해."

어머니는 나를 대견스러워하는 손길로 엉덩이를 두드려 주었다. 남들이 보면 오늘 나와 어머니의 모습을 혹시 촌스럽다고 말할 수도 있지만 내 눈에는 그 어느 때보다도 괜찮아보였다.

이것으로 어머니와 내가 입학식을 가기 위한 외출 준비는 끝이 났다.

어머니의 말처럼 학교에 들어간다는 것 때문일까. 왠지 더 씩씩해 보여야 할 것 같아 나는 할머니 할아버지에게 외치다시피 인사를 하고 어머니의 손을 잡고 대문을 나섰다. 어머니와 내가 학교에 다다를 즈음 멀리서 봐도 나와 키가 비슷한 내 또래의 아이들이 눈에 들어왔고 나처럼 왼쪽가슴에 손수건을 달고 있는 아이들도 여럿 보였다. 나처럼 어머니와 함께 온 아이들이 대부분이지만 아버지나 할머니와 함께 온 아이들도 눈에 띄었다. 학교 앞 곳곳에는 마치 나의 마음을 꿰뚫어 보기라도 한 듯 어쩌면 그렇게 내가 좋아하는 것들로만 가득 차 있는지. 팔뚝에 빨간 토시를 낀 솜사탕을 파는 아저씨도 있었고 나비며 벌 모양의 장난감을 파는 아저씨 그리고 종이 상자 안에서 "삐 약 삐 약" 거리며 총총대는 병아리를 파는 아주머니도 있었다. 학교 앞은 상인들과 아이들이 뒤섞여 마치 시장처럼 북새통을 이뤘다. 이 중에서도 내가 가장 좋아하는 것은 솜사탕이었다. 입안에 넣으면 넣자마자 달콤하게 사르르 녹는 맛도 좋았지만 아저씨가 자전거에 싣고 온 커다란 양철통에 설탕을 조금씩 부으면 신기하게도 이내 뭉게구름처럼 뭉실뭉실한 솜사탕이 만들어져 나왔다. 그리고 이걸 아저씨의 익숙한 솜씨로 나무젓가락에 둘둘 말아 커다란 솜사탕을 만들어내는 광경 또한 내게는 큰 볼거리였다. 나는 길을 가다가도 솜사탕 아저씨만 발견하면 이내 발길을 멈춰 선다. 그걸 보는 재미도 있지만 혹시나 조금이라도 얻어먹을 수 있지 않을까 하는 마음에 한참을 그 자리에 서 있던 것이다. 운이 좋아 혹시 마음씨 좋은 솜사탕 아저씨를 만나는 날에는 비록 파는 솜사탕처럼 크고 폭신한 것은 아닐지라도 양철통 안에 남은 솜사탕을 나무젓가락을 휘휘 저어 정성스레 모아 나에게 주는 아저씨도 있었다. 내가 솜사탕 아저씨에게 정신이 팔려 있는 동안 우리 어머니도 동네 아주머니들하고 수다를 떠는데 정신이 팔렸는지 잠시 나를 잊은 듯했다.

어머니의 수다가 끝나기를 기다리는 동안 또다시 나의 눈에 들어

온 것은 기념사진을 찍어주는 사진사 아저씨들이었다. 모두들 우리 어머니 키보다도 훨씬 큰 가짜 꽃을 세워놓고 한 명이라도 더 손님을 잡기 위해 아이들과 함께 온 부모님에게 다가가 아이들 칭찬을 늘어놓았다. 이 세상에서 자기 자식 예쁘다고 하는데 싫어할 부모가 어디 있겠는가. 칭찬을 들은 아이들의 부모님들은 그냥 못 이기는 척하며 다들 가짜 꽃을 배경삼아 사진을 찍었다. 그 곳에 서 있는 꽃들은 비록 가짜 꽃이었지만 노랗고 활짝 핀 개나리며 분홍 빛 진달래, 무궁화까지 울긋불긋 화사하게 피어있었다.

나는 부모님과 함께 사진을 찍는 아이들이 금세 부러워졌고 더 이상은 어머니의 수다를 기다려 줄 수가 없었다. 나도 사진을 찍고 싶다는 무언의 표현으로 입을 삐죽대며 어머니의 치맛자락을 끌어당겼다. 이윽고 어머니는 나를 보더니 내 마음을 알았다는 듯 여기저기 둘러보았다. 어머니의 눈에는 진달래꽃이 예쁘게 보였는지 진달래꽃이 세워져 있는 사진사 아저씨한테 나를 데리고 갔다. 어머니와 사진사 아저씨와의 몇 차례 가격흥정이 끝나고 나서야 다시 한 번 나의 머리를 만져주었나. 어머니도 자전거에 딜린 쪽거울을 보며 미리를 매만지더니 나의 손을 잡고 진달래꽃 앞으로가 사진 찍을 준비를 했다.

"자! 찍습니다. 웃으세요." 찰칵!

나의 입학식 날 활짝 핀 진달래꽃처럼 어머니의 마음속에도 화사한 꽃이 피었다. 지금도 그 시절 어머니와 찍은 빛바랜 사진 한 장은 나에게 있어 추억을 떠올리게 하는 소중한 것이다. 하지만 돈이 궁해 지갑도 없이 고작 접혀진 몇 천 원을 손에 꼭 쥐고 있는 사진 속의 어머니의 모습을 보면 나의 마음 한 구석이 짠해오는 건 왜 일까…….

　내가 다닐 초등학교는 집에서 그리 멀지 않은 곳에 있었다. 누나들 모두 이 학교를 졸업하고 지금도 다니고 있는 누나들도 있었다. 특히 큰 누나가 일회 졸업생이라는 것이 나는 학교를 다니는 내내 자랑스러웠다. 오래된 학교라 그런지 건물 색깔도 우중충한 것이 시설도 별로였지만 학생 수와 선생님 수로는 서울에서 가장 많다는 것이 우리학교의 자랑이라면 자랑일 것이다. 학교에 입학한 다른 아이들은 어떨지 모르지만 나는 입학하기 전부터 친구들과 자치기를 하러 학교 운동장에 와 본 적이 있어 학교의 풍경이 낯설게 느껴지진 않았다.
　초등학교에 입학 후 내 생활에도 사소한 것에서부터 변화가 찾아왔다. 맘만 먹으면 하루 온종일이라도 잠을 잘 수 있던 내가 누나들과 함께 일찍 일어나야만 했고 소중히 여겨야할 물건들이 바뀌었다는 거다. 학교 들어가기 전 나에게 있어 소중히 여긴 것들이 동네 아이들에게서 따온 구슬이나 딱지 같은 것들이었다면 지금은 어머니가 사준 학용품이었다.
　그리고 누나들과 싸움을 할 때도 예전과 달리 아버지 어머니는 나의 편을 들어주지 않고 초등학생이라는 이유로 나를 꾸중할 때가 많았다. 나는 이 모든 것이 학교에 들어가 생긴 일 같아 다니고 싶지 않은 생각도 들었다.

## 3

 학교에서의 생활은 늘 나를 무료하게 만들었다. 공부에는 코딱지만큼도 관심이 없던 나는 뾰족이 할 것도 없었고 주머니에 구슬을 가득 넣어 가져올 수도 없었다. 그저 책상에 기대 누워 어머니가 사준 자동차 모양의 필통으로 수업시간마다 바퀴를 굴리며 학교라는 새로운 세계에 적응해 나갈 즈음 나의 키가 한 뼘이나 자랐고 그새 나는 아홉 살이 되어버렸다. 그리고 한모라는 아이를 만나게 됐다. 단지 나와 키가 비슷하단 이유로 짝이 되어 나란히 앉게 된 한모는 얼굴이며 손톱에도 때가 꼬질꼬질하게 낀 지저분한 아이었다. 하지만 심성은 나빠 보이지 않았다. 말수가 적은 것이, 소심하고 부끄럼도 많이 타는 것 같아 보였다.
 한모는 등교 해 나를 보면 언제나 '빙그르' 웃음으로 인사를 대신했다. 웃는 얼굴은 보기 좋았지만 닦지 않아 누런 옥수수 같은 한모의 이는 나의 눈살을 찌푸리게 했다. 또한 자기 몸보다 훨씬 큰 옷을 입어 옷소매를 몇 번이나 접어 올려야 했고 한모의 이런 옷차림은 거의 한결 같았다.

한모의 필통은 귀퉁이가 찌그러져 있는 양철필통이었다. 그 안에는 주워 모은 것 같은 가지각색의 몽당연필로 가득 차 있었다. 때론 자기 할머니가 몽당연필에 다 쓴 볼펜몸체를 끼워 기다랗게 만들어 준 것을 가지고 자랑을 할 때도 있었다.

난 이런 한모가 측은해 보이긴 했지만 그렇다고 씻지도 않고 학교에 오는 것까지 이해해 줄 순 없었다. 하지만 한모가 부모님 없이 할머니하고만 단 둘이 어렵게 산다는 걸 알고 나서는 모든 걸 다 이해해 주기로 했다. 우리 집도 어렵게 살고 있는 건 마찬가지지만 나를 보살펴주는 부모님과 많은 가족이 있다는 것은 한모와는 많이 다른 점이었기 때문이다.

나는 어느 날엔가 넷째 누나에게 한모 얘기를 해주고 싶었다. 내가 넷째 누나를 정한 건 누나들 중에서 나와 가장 말이 잘 통하기 때문이었다.

"누나 내 짝꿍 한모는 할머니하고만 산대. 엄마도 아빠도 없나봐. 그래서 만날 세수도 하지 않고 학교에 온다. 연필도 없어서 주워온 몽당연필만 필통에 가득 가지고 다녀."

누나는 내 얘기가 조금 끌렸는지 책을 정리하다 말고 나를 향해 돌아앉았다.

"그랬구나……. 근데, 너 혹시. 한모한테 이런 걸로 놀려대진 않았지? 절대! 그러면 안 돼!"

누나는 상기된 얼굴로 걱정스럽게 말을 했다.

"아니! 아니! 내가 한모를 왜 놀려. 그런 게 아니고 한모 정말 불쌍한 아이라고!"

오늘 따라 나와 말이 통하지 않는 누나가 답답했다. 내심 내 얘기를 들은 누나가 한모를 도와주자는 말을 해주길 바랐기 때문에 실망스러웠다. 누나는 이내 다시 돌아앉아 하던 것을 계속했고 더 이상 한모에 대해 어떤 말도 하지 않았다. 나는 한모의 처지를 듣고도 불쌍해하지 않는 누나가 이상해 보였다. 누나 성격에 어떻게든 돕자는 말을 할 법도 한데 내 얘기가 별로라는 반응에 차라리 어머니에게 얘기하는 게 낫겠다 싶어 나도 더 이상은 한모에 대해 말하지 않았다.

오늘도 누나들의 등교준비로 분주한 하루가 시작되었다. 누나들은 도시락이며 준비물을 챙기느라 다들 바빠 보였다. 그새 학교 갈 준비가 나 됐는지 누나들이 학교를 가기 위해 집을 나설 즈음, 이제 나를 서운하게 했던 넷째 누나가 예쁜 포장지에 싸여 있는 뭔가를 나에게 내밀었다.

"이거 한모 갖다 줘. 한모한테 할머니 말씀 잘 듣고 공부 열심히 하라고 해."

내 손에 잡히는 촉감이 연필과 공책인 것 같았다.

"섭아. 한모, 언제 한번 집에 데리고 와라. 수제비라도 끓여서 같이 먹게."

누나의 말이 끝나자 어머니도 한마디 거들었다. 한모에게 줄 누나의 선물도 그렇고 어머님의 말을 들은 나는 누나에게 있던 서운함이 한순간에 사라져 버렸다.

어제 내말에 시큰둥했던 누나는 한모를 위해 모아놓은 용돈을 털어 학용품을 사 포장지에 포장까지 해 주었고 어머니는 집에 데리고 오라고 하니 한모에 대한 나의 마음을 알아준 누나와 어머니가 너무나 고마웠다. 나는 빨리 한모에게 누나의 선물을 전해주고 싶어 일찍부터 서둘러 학교에 가 시간을 보냈다.

수업시간이 다 되어 교실로 들어가 보니 한모는 아직 보이지 않았다. 한모에게 선물을 줄 생각을 하니 벌써부터 가슴까지 뛰는 것이 여간 뿌듯한 게 아니었다.

조금 있으려니 한모가 교실 문을 열고 들어왔다. 나는 한모에게 평소보다도 훨씬 더 다정한 목소리로 인사를 했다. 당장 꺼내어 주고 싶었지만 한모가 가방에서 책을 꺼내 책상에 넣을 때까지 기다려 주기로 했다. 정리가 다 끝났는지 한모가 나에게 여전히 누런 옥수수를 드러내며 히죽히죽 웃어 주었다.

"한모야, 이거 받아. 우리 누나가 주는 선물이야."

내 말에 한모는 선물을 보며 어리둥절해 했다.

"음······."

한모는 갑작스런 일에 당황했는지 선뜻 받지 못하고 꼬질꼬질한 손가락만 만지작거리고 있었다.

"우리 엄마도 너 집에 데리고 오래. 수제비 만들어 준다고."

나는 이 말을 해 놓고 한모의 가슴팍에 누나의 선물을 안겼다.

"근데, 왜 주는 거야? 내 생일도 아니고. 오늘 아무 날도 아닌데······."

한모는 조심스레 선물을 무릎 위로 내려놓았다. 포장이 되어 있어 나도 아직 어떻게 생긴 공책과 연필인지 못 봤기 때문에 궁금한 마음이 들어 한모에게 뜯어보라고 했다. 그제야 한모는 이 선물이 진짜 자기 거라 실감했는지 포장을 뜯기 시작했다. 포장지를 뜯고 보니 앙증맞은 토끼와 곰이 그려진 공책 세 권과 노란연필 두 자루가 가지런히 놓여 있었고 그 위에는 누나가 써준 하트모양의 카드 한 장도 올려져 있었다. 누나의 용돈사정을 봐서는 작지만 큰 선물이었다.

한모의 얼굴이 환해진걸 보니 누나의 마음이 전해지는 듯했다. 이런 한모의 모습에 나의 입가에도 미소가 번졌고 우리는 수업시간 내내 누나의 따듯한 온기를 나누며 보내고 있었다.

며칠 후 나는 어머니의 말대로 한모를 데리고 집에 가기로 했다. 학교친구를 집에 초대하는 건 처음이었다. 쉬는 시간에 한모에게 물었더니 한모도 잊지 않고 있었는지 흔쾌히 허락 해줬다. 방과 후 오늘은 한모와 내가 매일 가던 문방구도 들르지 않고 바로 집으로 향했다. 태권도장을 지나 어느 정도 집에 다와 갈 때쯤 한 연쇄점 앞에서 한모가 멈춰 섰다. 과일가게가 아닌데도 앞에 벌려놓은 좌판 위에는 갖가지 과일들이 진열되어져 있었다. 한모는 무얼 보는지 어딘가 한 곳을 응시하고 있었다.

"섭아, 너 저거 먹어봤어?"

한모는 나를 보지도 않은 채 계속 한 곳만을 주시하며 내게 물었다.
"어, 뭐! 사과? 먹어봤지!"

내 눈에는 한모가 사과를 보며 말하는 것 같아 당연한 듯 대답을 했다. 우리 어머니는 시장에서 일을 마치고 집으로 돌아올 때 여기저기 성나고 곪아 팔지 못하는 사과를 얻어 올 때가 있어 나는 다른 건 몰라도 사과를 먹을 기회는 종종 있었다.

"아니 사과 말고 저기 저거! 바나나! 바나나 먹어봤냐고?"

나는 한모의 물음에 당황스러웠다. 나도 바나나를 먹어본 적은 한 번이나 될까 말까 할 정도로 거의 없었기 때문이었다.

사실 지금에야 고백하건데 그 시절 나는 바나나를 먹기 위해 일부러 꾀병을 부려 학교를 안 간 적도 있었다. 이렇게라도 해야 그나마 손가락 하나 크기의 바나나라도 먹을 수 있었기 때문에 바나나를 먹기 위한 나의 최선의 방법이었다. 요즘에야 바나나가 흔하디흔한 과일이 돼 버렸지만 그때는 풍성하게 한 다발이 달려있지도 않았고 그저 달랑 몇 개 누워 있는 바나나가 어찌나 그렇게도 먹고 싶던지. 하지만 아픈 척하며 먹고 싶다는 핑계 말고는 어머니에게 졸라 사달라고 하기에는 엄두가 나지 않을 만큼 그 작고 노란 과일 한 개의 가격은 결코 만만치 않았다.

물론 나와 다른 환경에서 태어난 아이들은 당시에도 마음껏 먹을 수 있던 과일일지도 모르지만 우리 동네 다른 아이들도 바나나란 존재는 아주 특별한 날에만 먹을 수 있는 귀한 과일이란 생각은 나와 같았을 것이다. 그래서 나도 지금 한모처럼 방과 후 집에 돌아오는 길에 연쇄점에 놓인 바나나를 볼 때마다 한참을 보고서야 집에 오곤 했었다.

"어! 난 먹어 봤어. 근데 왜? 한모 넌 아직 못 먹어봤니?"

한모는 바나나를 먹어본 내가 부러운 눈초리였다.

"응……. 난, 아직 못 먹어봤어. 난 바나나가 제일 좋고, 먹고 싶은 것 중에 일등이다! 섭아. 바나나 맛이 어때? 많이 먹어봤어?"

바나나를 먹어본 것을 잘난 체하고 싶지는 않았지만 괜스레 우쭐한 마음이 들어 어떻게든 바나나의 맛을 가르쳐 주고는 싶었다.

"아니! 많이는 먹어보지 않았고 그냥 가끔씩."

순간 나도 모르게 거짓말이 나와 버렸다. 죽을 듯이 심하게 꾀병을 부려 결석까지 해 가면서 먹어본 바나나를 가끔씩 이라니. 왜 이런 말이 나와 버렸는지 모르겠지만 아마 나를 부러워하는 한모에게 은근히 잘난 체를 하고 싶었던 것 같기도 했다.

한모는 연쇄점을 떠나 집에 오는 내내 바나나 얘기밖에 하지 않았다. 한모의 수다스러움은 겨우 우리 집 앞에 도착해서야 사그라졌다. 그런데 우리 집을 본 한모는 뭐가 이상해 보였는지 의아한 표정이었나.

"섭아, 여기가 너의 집이야?"

한모는 녹이 슬고 간당간당하게 붙어있는 대문을 바라보며 말했다.

"응, 우리 집이야 왜?"

내 말에도 아무 대답 없던 한모는 구멍 난 대문사이로 염탐이라도 하듯 한쪽 눈을 맞추며 들여다보았다. 조금 뒤 대문에서 눈을 떼고 나서도 한모는 말없이 고개만 갸우뚱하더니 내가 문을 열기만을 기다리고 있는 것처럼 보였다.

그 당시 나는 이런 한모의 행동을 대수롭지 않아 했지만 지금 돌이켜보면 이유를 알 것 같기도 하다. 우리 집에 와보기 전까지만 해도 한모는 내가 대궐 같은 집에 사는 부잣집 아들일거라 생각했을 것이다. 그도 그럴 것이 누나가 준 선물에다 자기는 한 번도 먹어보지 못한 바나나를 그것도 자주 먹는다는 얘기하며 집으로의 초대까지, 한모가 하기에는 쉽지 않았던 것들이기 때문에 당연히 그렇게 보일 수밖에 없었을 것이다. 그러니 막상 우리 집을 본 한모의 의아한 표정은 무리도 아니지 않겠는가.

"엄마!"

대문을 열고 들어오자마자 어머니를 불렀지만 할머니의 목소리가 먼저 들려왔다.

"섭이 왔구나! 친구도 왔네! 오느라 고생했어."

분주하게 뭔가를 만들고 있는 할머니가 반겼다.

"엄마는?"

"오늘 가게일 때문에 들어오지 못하는 모양이여. 대신 할미가 호박 넣고 수제비 만들어 줄 테니까 조금만 기다려."

어머니가 없어 실망스러웠다. 내 입장은 생각지도 않고 약속을 어긴 어머니가 야속하기만 했다. 한모를 초대한 사람은 할머니가 아니라 어머니였기 때문이다.

"할머니, 얘가 한모야!"

나는 심통이 나 멀건이 서 있다가 이제야 한모를 소개했다.

"안녕하세요."

역시 부끄럼 많은 한모는 내가 소개한 지금에서야 인사를 했다.

"한모가 얘기들은 것보다는 키가 크네! 우리 섭이보다도 더 큰 것 같은데."

"할머니! 내가 언제 한모 키 작다고 했나! 한모 나보다 더 클지도 몰라."

할머니에게 이런 얘기를 한 적은 없던 것 같은데 인사치레로 말하는 것일지도 모르지만 나는 한모가 오해할까봐 살짝 짜증이 났다. 가뜩이나 어머니도 집에 없어 한모에게 괜스레 눈치가 보였는데 오늘은 할머니까지도 나를 도와주지 않는 것 같았다. 수제비를 끓여주는 게 누구면 어떠랴 만은 어머니가 있었다면 수제비말고도 다른 것도 기대해볼 만했기 때문에 어머니가 없이는 한모에게 뭔가를 더 해줄 수 없다는 것에 더 실망스러웠다. 실은 이런 점을 한모에게 살짝 귀뜀을 한 터라 나의 경솔함이 후회스러웠다. 그래서 어쩌면 한모도 우리 어머니가 없어 실망스러웠을지도 모른다.

"우와! 섭이 너, 구슬치기랑 딱지치기 잘하나보네?"

방 한쪽구석에 놓여 있는 종이상자 가득히 쌓여 있는 딱지와 구슬을 보며 한모는 놀라워했다. 나는 솔직히 공부에는 취미가 없지만 딱지와 구슬치기만은 타의 추종을 불허할 만큼 잘 하는 편이었다. 그래서 동네 아이들은 나와 서로 깜보를 하려고 하는 아이들이 많았다.

"원래는 그보다 더 많았는데 엄마 때문에 애들 나눠 주고 조금 밖에 안 남은 거야."

"섭아, 제일 잘하는 게 뭐야?"

"음…… 날려먹기랑 붙여먹기."

구슬치기와 딱지치기에는 다양한 기술들이 있었기 때문에 치열한 강호에서 살아남으려면 모든 기술을 섭렵해야 했고 나는 이 중에서도 이 두 가지를 제일 잘했다.

"섭아, 수제비 다됐다!"

배가 많이 고팠던 터라 할머니의 말은 무척이나 반갑게 들렸다.

"잘 먹겠습니다!"

수제비가 놓인 밥상이 방에 들어오기도 전에 한모는 할머니에게 미리 인사부터 했다. 배가 고파서 그런지 할머니의 호박수제비는 맛이 일품이었다. 한모도 말없이 코를 박고 먹는 폼이 입에 맞는 것 같았다. 한모가 하도 빨리 먹는 바람에 나까지 덩달아 빨리 먹어 수제비는 게 눈 감추듯 이내 사라졌다.

"섭아, 나 가봐야 할 것 같아."

무슨 약속이 있는 사람처럼 한모는 숟가락을 놓자마자 말을 했다.

"왜? 나랑 더 놀다가 이따가 동네 애들하고 같이 놀자?"

"미안한데…… 가야 할 것 같아."

마음 같아선 한모에게 내 실력을 보여주고 싶었지만 사정이 있어 보여 더는 잡지 않았다.

"아니 왜, 벌써가려고? 천천히 더 놀다가지 그러니?"

방을 나서는 한모에게 하는 할머니의 말에도 아쉬움이 묻어 있었다.

"네……. 저……다음에 또 놀러올 게요! 안녕히 계세요!"

한모는 말까지 흐려가며 누가 쫓아오기라도 하듯 성급히 집을 나섰다.

"한모야! 잠깐만 기다려."

나는 한모를 붙잡아 놓고는 다시 방으로 들어가 무지개 색 팽이와 옥색구슬 그리고 동그란 종이 딱지 중에서도 별이 가장 많이 있는 것만 골라 나왔다.

"자. 가지고 가!"

"정말?"

"응! 너 가져가. 난 팽이치기는 잘 안 해!"

"고마워. 섭아!"

한모와 수제비를 먹는 동안 나도 나름 이것을 줘야하나 고민을 하긴 했다. 팽이야 내가 잘 하지도 않아 괜찮지만 별 많은 딱지와 옥색구슬은 나도 아끼는 것이기 때문이었다. 하지만 어머니도 집에 없어 대접을 더 해주지 못한 것도 마음에 걸리고 상자 깊숙이 쳐 박혀 있던 팽이를 보는 한모의 눈이 갖고 싶어 하는 눈치여서 주기로 한 것이다.

"한모야! 조심히 가."

"갈세! 잘 있어."

한모는 이내 뒤도 돌아보지 않고 뛰기 시작했다. 뛰어 가는 한모의 뒷모습을 보는 내 마음도 한결 가벼워졌다. 역시 친구와 나눈다는 건 언제나 즐거운 일이다.

내 맘을 알아줬는지 대중이형은 어렵게 결심한 듯 대답했다.

도장에 갈 수 있다는 대답도 아닌데 이 정도 형의 말에 날아갈 듯 기분이 좋아졌다. 나는 어쩌면 도장에 갈 수 있을 지도 모른다는 생각에 벌써부터 동네 아이들에게 자랑을 늘어놓기도 했다. 다음날 학교에서 만난 한모에게도 물론 자랑을 했지만 한모의 처지와 함께 가지 못한다는 미안함에 많은 얘기는 하지 않았다.

방과 후 집에 돌아온 나는 대중이 형이 도장에 가는 시간만을 눈이 빠져라 기다리고 있었다. 이윽고 대중이 형이 나의 눈에 들어온 순간 형의 밝은 표정으로 보아 도장에 함께 갈 수 있다는 좋은 소식임을 직감할 수 있었다. 역시 내 직감대로 대중이 형은 너무나 친절하게도 아니 이 순간만은 나의 부탁을 들어준 형이 어떤 말투로 나에게 말을 하건 내 귀에는 너무도 친절하게 들렸을 것이다.

"섭아. 같이 가자. 관장님이 허락하셨다! 근데 너. 도장에 가면 조용히 앉아 있어야 해, 알았지!"

"걱정 마세요. 형! 가만히 앉아서 구경만 할게요!"

대중이 형은 늠름한 모습으로 나보다 앞서 걸어갔다. 나는 칼을 찬 무사의 졸개인 양 호위하듯 뒤를 따랐다. 형과 함께 도장 앞에 도착한 나는 창밖으로 들려오는 기합소리에 왠지 주눅이 들었다. 이런 탓일까. 도장에 들어가는 것조차 꺼려졌다.

머뭇거리는 나에게 대중이 형은 내 머리를 '툭' 한번 치더니 어깨에 손을 올렸다.

"섭아 뭐해. 들어가자."

도장 문이 열리고 안으로 들어간 형은 신발을 벗어 가지런히 신발장에 놓고는 맨 앞에 붙어 있는 커다란 태극기에 왼쪽가슴에 손을 올리며 경례를 했다. 형은 나를 혼자 두고 성큼성큼 먼저 안으로 들어가 버렸다. 혼자가 되어버린 나는 잠깐 어리둥절했지만 이내 형이 한대로 가슴에 손을 올려 경례를 한 후에 내가 앉아 있을 만 한 곳을 둘러보았다. 도장 바닥에 발을 디디니 보기보다 더 푹신푹신했다. 나는 제일 눈에 띄지 않을 만한 곳으로가 벽에 기대어 웅크리고 앉았다. 얼마나 지났을까. 어색하고 쑥스러워 눈길조차 도장 안에 있는 아이들에게 두지 못하고 계속 바닥만 쳐다보고 있는 나에게 한 여자의 목소리가 들려왔다.

"너. 누구니? 여기 도장 다니려고 왔어?"

얼핏 봐도 대중이 형과 비슷한 나이 또래의 나보다는 한참 누나인 듯 보였다.

"아니요. 대중이 형 따라 왔는데요. 저…… 형, 어디 있는지. 아세요?"

"아. 그래! 대중이 동생이구나. 조금만 기다려 대중이 지금 관장님하고 얘기 중이니까 금방 나올 거야."

생김새도 예쁘장하고 도복도 잘 어울리는 누나의 나를 위한 호의였지만 지금은 괜히 이 누나 때문에 다른 아이들의 이목만 더 끌게 된 것이 앉아 있는 나를 더 불편하고 어색하게 만들었다.

이후 도장에 있는 아이들의 시선이 자꾸만 나에게 쏠리는 것 같아 너무도 부담스러웠다. 더군다나 도복도 입지 않은 채 앉아 있는 내 모습이 창피해 괜히 쫓아왔나 싶은 마음도 들었다. 나는 날 혼자 두고 가버린 대중이 형이 많이 야속했고 빨리 내게 와서 보란 듯이

# 4

평소 나의 부러움의 대상이었던 것은 보이 스카우트 복장을 한 학교 형들과 빨갛고 파란 띠를 두른 태권도 도복을 입고 다니는 아이들이었다. 간혹 우리보다 형편이 나은 집들은 아이들의 성화에 못 이겨 녹녹치 않은 살림에도 태권도장을 보내는 집들이 있었다. 도장에 다니는 아이들은 목에 힘을 주어가며 거의 온종일 도복차림으로 동네를 활보했다. 그 중 대중이 형의 도복 입은 모습은 내가 보기에도 단연 최고였다.

잘생긴 얼굴에 띠마저 검은 띠를 두르고 가슴에는 태극기가 새겨진 하얀 도복을 입고 다니는 형의 모습은 나의 눈을 사로잡기에 충분했기 때문이다. 이 덕에 형은 동네 여자아이들에게도 인기가 많았다. 물론 이것만은 아니었다. 형네 집은 우리 동네에서 잘 사는 축에 들었고 아버지 또한 통장 일을 하며 동네어른들의 선망의 대상이기도 했다. 그래서 그런지 나는 통장이 되려면 잘살아야만 되는 줄 알았다. 형네 집 옥상에는 확성기가 하나 매달려 있었는데 통장님은 동네 어른들에게 할 말이 있을 때면 이곳을 통해 말을 하곤 했었다.

"아아 마이크를 시험 중입니다! 하나 둘 셋. 하나 둘 셋. 8통 8통 주민에게 알립니다. 오늘은 반상회가 있는 날이오니 8통 주민들께서는 늦지 마시고 모여주시기 바랍니다!"

통장님의 목소리가 동네에 쩌렁쩌렁 울릴 때면 형의 어깨에도 덩달아 힘이 잔뜩 들어가 있었다. 나는 이런 대중이 형과 친해지려고 형을 볼 때마다 나의 대장처럼 뒤를 졸졸 따라 다닐 때가 많았다. 형과 친해지려고 했던 이유는 또 있었다. 나도 형을 따라 도장에 한번 가보고 싶었기 때문이다. 그리고 나는 때를 기다려 도장에 가고 싶다는 말을 형에게 하기로 했다.

"형! 나도 도장에 데리고 가면 안 돼요?"

나는 간절하리만큼 애절한 눈빛으로 형을 올려보았다.

"음…… 글쎄."

대중이형은 나의 바람과는 달리 이내 대답을 하지는 못했다.

"형! 나도 도장 구경 가고 싶어서요. 절대 말썽 안 부리고 가만히 앉아만 있을 게요."

나는 형에게 방해가 되지 않을 거란 것을 더 확실하게 일러주고 싶었다.

"그래. 그럼, 내가 관장님한테 한번 여쭤보고. 허락하시면 내일 데리고 갈게."

아이들 앞에서 친한 척을 해 주며 챙겨 주기를 바라는 마음이 절실했다.

사실 대중이 형과 떨어져 있던 시간은 그리 길진 않았지만 내가 소심했던 걸까. 형을 기다리는 이 시간이 왜 이리도 길게 느껴지던지. 나는 백까지 세어보고 그래도 형이 안 온다면 그냥 집으로 가야겠다는 마음에 속으로 숫자를 세기 시작했다.

'하나, 둘, 셋…… 스물…… 스물아홉.'

내가 천천히 숫자를 세어가고 있을 때 다행히 형은 백까지 세기 전에 내 앞에 나타났다.

나는 형을 본 순간 마치 길 잃은 아이가 엄마를 만나기라도 한 듯 단숨에 벌떡 일어나 형을 바라보았다.

"섭아 미안하다. 오래 기다렸지? 여기 말고 저쪽에 가서 앉아 있으면 돼."

형의 말을 듣고 나니 나의 경직된 몸과 마음이 한결 가벼워졌고 내가 지금 여기 있는 것에 대해 떳떳해지는 듯했다.

'얘들아 봐! 나도 대중이형이랑 친해서 여기 온 거야!'

나를 이상하게 쳐다보던 아이들에게 진작 해주고 싶었던 이 말을 해주기라도 하듯 나는 형의 팔을 붙잡고 도복을 만지작거리며 아이들에게 조금이라도 더 형과 친한 모습을 보여주기 위해 노력했다. 조금 후 내가 형이 말해준 자리로 가려고 하자 그보다 먼저 갈 곳이 있는지 나를 데리고 한쪽 구석에 있는 방으로 들어갔다. 거기에는 형처럼 도복을 차려입은 관장님이 앉아 있었다.

"관장님. 제가 말씀드렸던. 섭이라는 동생이에요."

"섭아 뭐하고 있어 관장님께 인사드려야지!"

"안녕하세요."

나는 바보처럼 꾸물대다 형이 시킨 후에야 인사를 했다. 도장 구경을 허락해준 관장님에게 고맙다는 말도 하고 싶었지만 입 밖으로는 나오지 않았다. 관장님의 인상이 무섭진 않은데도 태권도장의 관장님은 싸움도 잘하고 무서운 사람일 것 같아 지레 겁을 먹어 짤막한 인사 외에는 아무 말도 할 수 없었다.

"그래! 섭이는 몇 학년이니?"

"2학년입니다!"

나는 꼭 군에 갓 입대해 군기가 바짝 들은 신병처럼 최대한 절도 있는 말투로 대답을 했다. 이런 나의 말투가 재밌었는지 관장님은 얼굴에 미소를 띠었다.

"2학년! 2학년답게 섭이가 씩씩하구나. 오늘 구경하고 재미있으면 다음에 또 놀러오도록 해!"

내 생각이 틀렸는지 관장님은 의외로 부드러운 말투에 자상하기까지 했다. 관장님은 나에게 또 오라고 했지만 아마 이건 대중이형의 체면을 봐서 해준 말 같아 마음에 두진 않았다. 그리고 조금 전까지 다리가 저리도록 꼼짝달싹 않고 아이들의 눈치를 봐서 그런지 다시 오고 싶은 마음도 별로 없었다. 관장님의 방을 나온 나는 형이 말해준 맨 뒷자리로 가 앉았다. 나는 이미 흥미가 많이 떨어져 끝날 때까지 기다리는 것이 지루하기도 했지만 형과 약속한 대로 쥐죽은 듯 앉아 있었다.

기대 반 설렘 반으로 찾았던 나의 도장 나들이는 처음 기대와는 달리 실망감만 안고 집으로 돌아와야만 했다.
 집으로 돌아온 나에게 누나들의 질문의 화두는 역시 태권도장이었다.
 "섭아. 도장 가니까 어땠어? 좋았어?"
 "너도 발차기도 하고 태권도 했어? 뭐 배웠는데?"
 항상 작은 일만 있어도 나를 두고 수다 떨기를 좋아했던 누나들에게 성의 없는 대답이라도 했던 나였지만 오늘은 정말이지 해줄 말이 하나도 없었다. 이런 나의 머릿속에 또 하나의 걱정꺼리는 내일 학교에서 한모를 만나면 태권도장에 대한 물음에 해 줄 얘기가 없을 거란 것도 마음에 걸렸다.

 다음 날 학교 갈 준비에 정신없는 누나들 틈에서 나는 아직도 게슴츠레한 눈을 하고는 어제 걱정했던 한모에게 들려줄 태권도장 이야기에 대해 다시금 떠올리고 있었다.
 사실 그리 걱정까지 해야 할 큰일도 아닌데 내가 이렇게까지 신경 쓰는 데는 나름 이유가 있었다. 그제 한모에게는 도장에 구경 가는 것이 아니라 조금 덧붙여 나도 태권도를 배울 거라는 거짓말을 했기 때문이었다. 한모는 내가 태권도를 배운다는 것에 유난히 호기심을 보였고 궁금해 했던 차라 어제 도장에 가서 배운 것들에 대해 많은 얘기를 해주어야하는 부담감이 있었기 때문이었다.
 '내가 본 걸 그대로 얘기해 줄까······.'
 나는 도장에서 아이들이 관장님의 구령에 맞춰 태권도 동작을 하는 것들을 떠올려봤다. 아무리 생각해봐도 태권도를 배우러 도장을 다녀왔다는 내가 뭔가를 보여주지 못한다면 거짓말이 들통 나 버릴 것만 같았다. 나는 한모 앞에서 어떤 동작이든 보여주기 위해 학교 가는 길에도 가다 서다를 반복하며 내가 본 태권도 동작을 연습해 보았다.

교실에 도착해 한모를 기다리는 동안 잘 할 수 있을까 하는 걱정에 초조해지기까지 했다. 반 아이들만 아니면 일어나서 다시 한 번 제대로 연습해보고 싶었는데 머릿속으로 밖에 할 수 없다는 게 안타까웠다.

내가 온 지 얼마 안 돼 한모도 교실에 들어왔다. 나는 한모가 늦게 오기를 바랐는데 평소에는 지각도 잘하던 애가 오늘은 10등 안에 들 정도로 일찍 와버렸다.

"섭아. 어제 도장 갔었어? 어때. 재미있어? 도복도 입어봤니? 태권도는? 태권도 많이 배웠어?"

한모는 인사를 하듯 태권도장에 관해 먼저 물어보았다. 그런데 막상 한모가 묻자 머리가 하얘지는 것이, 뭐부터 말해야 될지 몰랐다. 지금까지 줄곧 생각해 놨던 태권도 동작들도 머릿속에서 다 지워지는 것 같았다.

'그냥. 솔직히 말을 할까……. 구경만 한 거라고. 그래서 난 태권도 하나도 배우지 못했다고.'

순간 사실을 말해버릴까도 했다. 하지만 호기심이 잔뜩 오른 얼굴로 나를 보는 한모에게 이제와 이런 얘기를 할 수도 없는 노릇이고 솔직할 기회마저 이미 놓치고 말았다. 그래서 이대로라면 들켜버릴까 싶어 일단은 다른 말로 둘러대기로 했다.

"음……. 도복은 입었었는데 아직 처음이라 많이 배우지는 못했어. 어제는 다른 아이들 하는 걸 보고만 왔고. 오늘은 도장이 쉬는 날이라서 내일부터 정식으로 배울 거야."

나는 오늘마저 도장에 간다고 하면 안 될 것 같아 은연중에 안 간다는 것을 말해주었다. 거짓말이 거짓말을 낳는다고 했던가! 얼마 전 바나나를 많이 먹어봤다고 했던 말이나 태권도를 배운다고 한 것까지. 일부러 한모를 속이고 싶은 마음은 추호도 없었다. 괜한 거짓말을 한 내가 후회스러워 모든 걸 되돌리고 싶었다. 나는 몹시도 찔려 한모와 눈도 마주치기가 어려웠다. 하지만 좋게 생각하면 남을 해코지할 만큼 나쁜 거짓말은 아니었다.

더군다나 한모에게 딱히 피해를 준 것도 없었다. 그러므로 이번 한 번은 나 자신에게 관대해지기로 했다. 한 가지 아쉬운 건 어제 도장에서의 속상한 일들을 한모에게 털어놓으며 푸념을 늘어놓지 못한다는 것이었다.

"그렇구나……. 섭아. 너 그럼 오늘은 도장 안 가도 되는 거지?"

한모는 무슨 일이라도 있는 사람처럼 내가 도장에 안 가도 된다고 한 말을 확인하듯 물었다.

"응. 안 가도 되는데 왜? 어디가려고?"

한모와 짝이 된 이후 이런 식의 질문은 처음이라 나도 웬일인가 싶어 귀를 쫑긋 세웠다.

"아니, 어딜 가는 건 아니고. 너 오늘 학교 끝나면 나랑 어디 좀 같이 가줄 수 있어?"

한모의 목소리는 무슨 말을 하는지도 잘 안 들릴 정도로 기어들어갔다.

"그럴 순 있는데…… 어딜 가는 건데? 너희 집에 놀러가는 거야?"

궁금증이 커진 나는 이내 되물었다.

"우리 집 말고. 아무튼 이따가 나랑 같이 가는 거다!"

나의 긍정적인 태도 때문인지 한모는 아까와는 다르게 목소리에 힘이 들어가 있었고 내가 거절할 틈도 없이 혼자 정해 버렸다.

수업이 모두 끝나고 나는 약속대로 아무 말 없이 한모를 따라갔다. 한참을 걸어도 아직 도착하지 않는 걸 보면 어딘지는 몰라도 한모가 가려는 곳은 학교에서 꽤나 먼 곳인 것 같았다. 도착하기 전까지 아무것도 묻지 않기로 했지만 나는 답답한 마음을 더는 참을 수가 없어 입을 열었다.

"한모야!! 어디 가는 거야? 얼마나 더 가야하는데?"

내 의지와 상관없이 짜증 섞인 목소리가 나와 버렸다. 내 목소리가 심상치 않아 보였는지 한모는 그 자리에 멈춰 섰다. 잠시 가방을 뒤적이던 한모는 잔뜩 일그러진 내 얼굴에 꼬깃꼬깃한 신문 한 장을 들이밀었다.

"섭아. 나 신문 돌린다. 지금 보급소 가는 거야. 사실은 오늘 나랑 같이 다니는 형이 못 나온다고 해서 너더러 도와달라고 부탁하려고 했는데 말이 잘 안 나왔어. 미안해. 이제 거의 다 왔어 바로 저기야."

한모는 얼굴까지 붉어지며 민망하고 미안해하는 기색이 역력해 보였다. 나는 한모의 말이 놀라웠다. 우리 동네 형들 중에도 집안형편 때문에 신문을 돌리는 형들이 있긴 했지만 내 또래의 아이들 중에 신문을 돌리는 아이는 없었기 때문이다. 한모가 어렵게 살고 있다는 건 알지만 크게 다를 것 없는 나도 아직까지 신문을 돌린다는 생각은 한 번도 해본 적이 없었다.

"한모야. 아까 말하지 그랬어. 여기 온다고 해도 난 상관없었는데……."

나를 속인 것 같아 기분은 언짢았지만 나도 거짓말을 한 것이 있어서 이것에 대해서는 더 이상 따지지 않기로 했다. 또 어지간히 숫기 없이 소심한 한모의 성격에 나를 여기까지 데리고 온 것도 대단한 용기가 필요했을 거란 생각도 들었다.

"……."

한모는 더 이상 말을 잇지 못했다. 잠시 동안 침묵이 흐른 뒤 얼마 안가 한모의 말대로 작은 신문 보급소가 눈에 들어왔다. 그곳에는 산더미처럼 신문들이 쌓여 있었다. 냄새도 쾌쾌한 것이 신문에서 나는 기름 냄새에 현기증이 날 것만 같았다. 한모는 여기서 일하는 사람들 중에서도 가장 어려 보였다. 사람들은 연신 자기들이 돌려야할 신문을 챙기느라 눈코 뜰 새 없이 바쁘게 움직이고 있었다. 내가 잠깐 동안 사람들의 손놀림에 시선을 뺏기고 있을 때 어느 새 한모도 사람들 틈에 끼어 신문을 챙기고 있었다. 나는 더 가까이 한모 곁으로 다가갔다.

"여기서 내가 신문 제일 잘 돌린다! 형들보다 훨씬 잘한다고 소장님이 만날 칭찬해 주시거든. 난 신문 보는 집도 금방 외워. 아무리 멀어도 한번 가면 바로 외워버린다!"

한모는 자기가 어른이라도 된 듯 우쭐한 표정이었다. 학교에서 보는 한모의 모습과는 달라보였다. 당당하고 자신감 있어 보이는 것도 처음이었고 능청까지 떨어가며 나에게 자랑을 늘어놓는 모습이 다른 아이를 보는 것 같았다. 내가 도와 줄 겨를도 없이 능숙한 솜씨로 신문정리를 다 해 내는 걸 보니 한모는 이 일을 오랫동안 해 왔던 것 같아 보였다.

신문을 다 챙긴 한모는 "휴" 하고 큰 숨을 한번 몰아쉬었다. 그리고는 이내 보기에도 버거워 보이는 많은 양의 신문을 양쪽 팔로 껴안아 들고 나가더니 키가 큰 자전거 뒷자리에 실어 꽁꽁 동여매고 있었다. 한모가 자전거에 신문을 다 실을 때까지도 나는 그저 물끄러미 바라만 봤다. 일부러 도와주기 싫어서가 아니었다. 처음 보는 일이라 도와주고 싶어도 뭘 해야 할지 몰라 한모에게 묻지도 못하고 멍하니 서서 있을 수밖에 없었다.

어쩌면 나이에 맞지 않는 한모의 어른스런 행동과 새로운 모습에 나도 모르게 압도당하고 있었는지도 모른다.

"섭아. 다 됐어! 이제 가자."

한모는 신문을 가득 실은 자전거를 천천히 끌고 나왔다. 신문이 워낙 많이 실린 탓에 뒷바퀴가 주저앉을 것만 같았다. 우리 집에도 지금 이것과 비슷한 크기의 자전거가 하나 있었다. 아버지가 일을 하러 갈 때 연장을 싣고 다니며 타던 거였다. 나의 키로는 탈 엄두조차 내지 못해 안장에 앉아볼 일은 거의 없었다. 하지만 한모는 안장에 앉지도 않은 채 두 발만을 걸친 모양으로 페달을 밟으며 아슬아슬 묘기를 부리 듯 타고 나갔다.

한모는 내 걸음에 맞추려 천천히 타려고 애를 썼다.

담쟁이 넝쿨이 있던 담이 높은 집, 파란색 철문의 큰 개가 있던 집,

잡다한 기계가 가득했던 전파사까지 신문 보는 집을 차례로 돌고 있었다. 한모는 자기의 말대로 신문 보는 집을 잘도 알아냈다. 마치 순서가 정해져 있는 것처럼 한집을 지나면 바로 또 나오는 것이 내가 모르는 한모만의 규칙이 있어 보였다. 내가 해야 할 일은 한모가 신문을 들고 서너 곳 가까이 붙어있는 집에 다녀 올 동안 신문이 실린 자전거를 지키고 있는 것이었다. 처음으로 가보는 동네까지 한모를 따라 제법 많이 걸었는지 다리도 아프고 힘이 들어 쉬고 가는 때가 많아졌다. 이런 나 때문에 신문을 돌리는 시간이 오히려 더 길어질 것 같았다. 한모는 일부러 내 앞에서 힘들어 하지 않는 건지 아니면 정말 힘이 들지 않은 건지 조금도 지쳐 보이는 기색이 없었다.

"한모야. 신문 돌리는 거. 힘들지 않아?"

"조금. 근데 괜찮아! 우리 할머니는 더 힘들어. 만날 고물을 주우러 다니시거든. 그래서 나도 돈 벌어야 해……."

한모는 할머니를 위해 돈을 벌고 있었다. 당연히 힘들고 어려운 일임에도 힘든 기색 하나 없이 웃으며 일을 하고 있었다. 신문을 다 돌리고 나니 해가 많이도 기울어 있었다. 보급소에 다시 들러 가방을 챙겨 서둘러 집으로 향하는 길에 문득 생각이 들었다.

'한모에게 거짓말까지 하며 태권도를 배운다고 자랑하는 게 아니었는데…….'

한모에게 미안했다. 태권도를 배운다는 나를 왜 그리 부러워했는지도 알 것 같았다.

며칠이 지나지 않아 방과 후 집에 돌아오는 길에서의 우연한 관장님과의 만남은 내가 흥미를 잃었던 태권도장에 다시 갈 수 있는 계기를 만들어주었다.

"섭이라고 했던가? 왜 도장에 오지 않니? 별로 재미가 없었나 보구나?"

내게 다가 온 관장님은 아직 나를 기억하고 있었다.

"저…… 그게 아니구요."

나는 뾰족한 변명거리가 없었다.

"여기서 잠시만 기다려라."

관장님은 이내 도장으로 들어가 버렸다. 이유도 모른 채 기다린다는 게 마음에 들진 않아도 기다리라고 하니 우선은 있어보기로 했다.

나는 바닥에 한쪽 발로 빙빙 큰 원을 그리며 두리번댔다. 때마침 도장에 오는 아이들의 모습이 보였다.

'하필이면 지금 올게 뭐람…….'

아이들과 마주치기 싫어 몸을 숨길까도 했지만 이미 나를 봤을 거란 생각에 그럴 수도 없었다. 나는 하는 수 없이 아이들이 내 앞까지 온다면 못 본 척 딴청을 피우기로 했다.

내가 마음의 준비를 하고 있는 동안 다행히 관장님의 모습이 보였다. 관장님의 손에는 돌돌말린 하얀 띠가 들려 있었다.

'설마…… 나를 주려고 하는 건 아니겠지.'

기대 반 의심 반이었다. 하지만 이내 나의 의심은 사라지고 말았다.

"섭아. 다음에 도장 올 때에는 이 띠를 꼭 매고 와야 한다."

관장님은 무릎을 굽혀 손에 들려있던 띠를 나의 허리춤에 매주었다. 나는 어찌해야 할 바를 몰랐다. 돈을 내고 다니겠다고 한 것도 아닌데. 단지 구경만 하러 딱 한번 가본 나에게 띠를 주며 다시 오라고 하다니. 하지만 어떠랴. 나는 지금 이런 것 따윈 상관하고 싶지 않았다.

꿈인지 생신지는 몰라도 도복까지는 아니어도 그토록 원하던 띠가 생기지 않았는가. 나는 얼른 집으로 가 자랑하고 싶어 빨리 관장님과 헤어지기를 바랄 정도였다.

"정말 가져도 되는 거예요?"

"그럼 가져도 되고말고! 앞으로 도장 오고 싶을 땐 언제든 와도 된단다. 대신 부모님 말씀 잘 듣고 공부도 열심히 해야 한다."

"네, 고맙습니다!"

나는 들뜨는 마음을 주체할 수가 없었다. 허리에 맨 하얀 띠가 어찌나 자랑스러운지. 머리가 휘날려라 뛰어가며 발차기를 하고 주먹을 허공에 가르며 한걸음에 집으로 달려왔다.

이렇게 찾아온 뜻밖의 행운은 나를 다시 도장에 갈 수 있게 만들어 준 것이다. 물론 이날 이후 도장에 갈 때면 보란 듯이 허리에 매고는 대중이 형과 같은 늠름한 모습으로 도장에 갔고 어느 날부터는 대중이 형이 없어도 나 혼자서 갈 때도 종종 있었다.

우리 태권도장의 이름은 정우체육관이었다. 이제 나도 하얀 띠를 두르고 떳떳이 도장에 가는 만큼 우리도장이라고 하련다. 잘 꾸며 놓은 도장은 아니지만 태권도를 잘 가르친다는 건 일대에 소문이 자자했다. 나는 비록 대열을 맞추어 가며 당당하게 배우는 입장은 못 되어도 태권도를 하고 있다는 것만으로도 만족스러웠다. 눈치를 봐야 했던 도장의 아이들과도 낯설지 않을 만큼 얼굴을 익혔고 관장님도 아무 거리낌 없이 대해주는 것 같아 마음 편했다.

또 도장에 들리는 횟수가 많아질수록 처음에는 멋쩍어 하지 못한 행동들이 어느새 제법 자연스러워져 가고 있었다.

이렇게 내가 조금씩 도장에 익숙해져 갈 무렵 어느 날 동네가 발칵 뒤집힐 만한 사건이 생겼다. 콧날이 높고 머리색이 노란, 파란 눈을 가진 외국인들이 우리 동네에 온 것이다. 할머니는 그들을 노랑머리 코쟁이라고 했다. 그 사람들은 내 또래의 아이들부터 어른들까지 대여섯 명은 되어 보였다. 정확히 말하면 태권도장에 온 것인데. 아마도 태권도를 보기 위해 이곳에 온 것 같았고 관장님과 친분이 있는 분의 주선으로 오게 됐다고 했다.

그 사람들이 오게 된 확실한 이유는 몰라도 그건 내 알바가 아니었다. 중요한 건 지금 노란 머리색과 파란 눈을 가진 인형 같은 소녀가 내 눈 앞에 있다는 사실이었다. 나와는 다른 생김새에 조금 낯설기도 했지만 나는 첫 눈에 이 아이에게 마음을 뺏겨 버렸다.

도장에 들어선 그 사람들과 우리들은 촘촘히 둘러 앉아 서로의 얼굴만 빤히 쳐다보고 있었다. 그 사람들은 도무지 알아듣지 못하는 정체불명의 이상한 말들을 서로에게 계속 하며 연신 두리번댔다.

이들의 알 수 없는 대화는 한동안 끊임없이 이어졌고 여기에 우리들의 재잘대는 소리까지 더해져 도장 분위기는 어수선했다.

나는 첫 눈에 반해 버린 그 아이를 힐끔힐끔 쳐다봤고 가끔씩 눈이라도 마주치면 못 본 척 고개를 돌렸다. 나만 혼자 도복을 입지 않은 모습이 눈에 띄어서 그런지 그 아이 역시 나를 쳐다보는 횟수가 잦았다. 이런 생각이 들고 나니 도복을 입고 있지 않은 나의 모습이 창피해 더 이상 훔쳐볼 수가 없었다.
"여기 오신 여러분들을 진심으로 환영합니다! 저는 이곳의 관장인 최우성이라고 합니다."
우리들 한가운데로 들어 온 관장님은 짤막한 인사말과 함께 공손히 인사를 했다. 관장님의 말이 끝나자 옆에 서 있던 한 사람이 다시 통역을 해 주었다. 그러자 모두가 알아들었다는 듯 박수를 치며 우리에게 꾸벅꾸벅 눈인사를 건넸다.
길지 않은 관장님의 말이 끝나자 자리에서 일어나 그 사람들은 다시 한 번 이리저리 도장 안을 둘러보고 벽에 걸려있는 커다란 태극기 앞에 모여드는가 싶더니 얼마 머물지 않고 이내 밖으로 나가버렸다.
나는 말 한마디 해보지 못하고 보내버린 아쉬운 마음에 창문 밖으로 빠끔히 얼굴을 내밀어 그 아이의 뒷모습을 바라보며 창문에 매달려 있었다.
'이렇게 빨리 헤어져야 하다니……'
내 맘도 몰라주고 너무 빨리 가버린 그 아이가 원망스럽기까지 했다. 어차피 도장에 더 있었다 한들 나는 그저 꿀 먹은 벙어리처럼 있어야 했다는 걸 아는데도 뭐가 그리 아쉬운 건지. 이렇게 파란 눈을 가진 소녀와의 만남은 아쉬움만 남긴 채 끝이 나 버렸다.
그 아이의 뒷모습이 보이지 않을 만큼 희미해지고 나서야 나는 비로소 창문에서 떨어졌다. 사람들이 모두 빠져나간 도장은 아이들의 떠드는 소리가 여전히 요란했지만 나는 그 아이가 없는 도장 안이

썰렁하기까지 했다.

배웅을 마치고 돌아온 관장님은 어수선한 분위기를 바로 잡으며 말을 했다.

"며칠 후에 이 분들이 태권도 시범을 보기 위해 다시 오신다! 그때까지 대중이 형 말 잘 들으면서 시범 보일 것을 준비하고 연습해야 한다."

말을 끝낸 관장님은 대중이 형에게 할 말이 있는 듯 형을 따로 불렀다.

나이도 많았지만 검은 띠인 대중이 형은 관장님을 대신해 태권도를 가르친 적이 많았기 때문에 아마 관장님은 이날도 대중이 형에게 맡길 모양이었다.

'며칠 후에 다시 온다고!'

관장님의 말에 내 귀가 번쩍 띄었다. 그 아이를 다시 볼 수 있다는 말에 기쁜 나머지 하마터면 발을 동동 구를 뻔했다.

그런데 문뜩 나의 머리에 스치고 지나가는 것이 하나 있었다. 시범을 보이기 위해서는 대중이형처럼 검은 띠는 되지 않더라도 최소한 날렵한 동작으로 웬만한 품새 정도는 할 줄 알아야 할 것이고 이제 겨우 발차기 몇 동작 밖에 할 줄 모르는 나는 당연히 빠지게 될 거란 것이었다. 그리고 이렇게 된다면 나는 그 아이 앞에서 시범을 보여줄 수 없다는 생각에 좋아졌던 내 기분은 금세 다시 시무룩해졌다.

역시나 대중이형은 나의 생각대로 도장에 오래 다니고 실력 꽤나 있는 아이들만을 한데 불러 모아 놓고 관장님이 한 말에 대해 설명해주기 시작했다. 이 모습을 본 나는 혹시나 그 아이가 태권도시범을 보고 다른 아이를 좋아해 버리면 어쩌나 하는 불안한 마음에 조바심까지 났다. 사실 파란 눈의 그 여자 아이만 아니라면 내가 시범을 보이지 못한다 해도 그다지 조바심까지 내며 질투어린 눈빛으로 형과 아이들을 바라볼 이유는 없었는데 지금 나는 그 아이에게 잘 보이고 싶은 마음이 너무도 강했다.

이제 막 기마자세와 발차기 조금 할 줄 아는 나에게는 어려운 일이란 걸 알면서도 나의 미련은 쉽사리 버려지지 않았다. 이처럼 나는 턱없는 욕심을 부리며 아이들 주변을 기웃대다 은근슬쩍 아이들 옆에 바짝 붙어 대중이 형이 하는 말에 귀를 기울였다. 이렇게 하면 혹시나 나도 끼어주지 않을까 하는 기대감을 갖고 있었지만 형의 눈치로 봐서는 전혀 그럴 마음이 없어 보였다.

"일단 오늘은 태극 품새와 고려 품새를 맞춰 보기로 하고 내일은……."

대중이 형과 아이들은 태극 품새니 고려 품새니 하는 귀에 익지 않은 말들을 하며 각자가 해야 할 일들에 대해 이야기했고 사뭇 진지해 보였다.

'태극 품새 고려 품새라고…….'

내가 이런 품새를 하려면 적어도 앞으로 몇 년은 더 이 도장에 다녀야 할 수 있는 것들이었고 오래 다닌다 해도 유단자가 아니면 할 수 없을 거란 생각이 들었다. 이런 말을 듣고 나니 나의 바람과는 점점 더 멀어지는 것 같은 느낌을 떨쳐버릴 수가 없었.

대중이 형의 말이 끝나자 아이들은 연습을 하기 위해 대열을 갖춰 서기 시작했고 대중이 형은 관장님처럼 아이들을 바라보며 맨 앞에서 있었다.

　관장님은 연습을 하는 아이들 말고는 이제 집에 가도 좋다는 말을 했다. 물론 여기서 집에 가야하는 아이들 중에는 내가 일 순위였지만 나는 일부러 대중이 형과 집에 가려고 기다리기로 했다. 집에 가는 길에서라도 나의 마음을 말해보려는 심산이었다. 형을 기다리며 바라본 태권도 동작들은 내가 처음 보는 동작들이었고 내가 봐도 반할 정도로 멋지게 보였다.

　'분명히 그 아이가 보면 멋있다고 생각하겠지. 그리고 저 아이들한테 반해 버릴 건 당연해.'

　연습을 하고 있는 아이들은 대부분 나보다 한참 상급자 형들인데도 불구하고 어쨌든 지금 나는 속으로라도 형이란 소리가 나오지 않았다.

　질투어린 시선으로 아이들을 바라본지 한참이 흘러 드디어 연습이 끝났다. 대중이 형도 집에 갈 채비를 하기 위해 서둘러 도장 안을 정리하기 시작했다. 나는 이때다 싶어 형과 함께 정리를 도우며 말을 꺼냈다.

　"형 집에 언제 가세요? 바로 집으로 가세요?"
　"어 그래. 집으로 갈 건데 왜? 무슨 일 있어?"
　다른 곳에 들르지 않고 바로 집으로 간다는 형을 보니 역시나 기다리길 잘했다는 생각이 들었다.
　"아니요! 그냥 같이 가려고요."
　나는 부지런히 대중이 형을 도왔고 나의 수고 덕분인지 얼마 걸리지 않아 형과 나는 나란히 함께 도장을 나올 수 있었다.

"고생했다. 섭아! 고마워!"

"아이. 형, 뭘요! 다음에도 또 도와드릴 게요! 언제든지 말씀하세요!"

조금 전 도장에서도 그랬지만 나는 가는 중에도 내 마음을 얘기할 적당한 때를 기다리며 형의 비위를 맞추느라 최대한 노력했다. 그런데 문제는 이제껏 죄다 쓸데없는 얘기만 주저리주저리 했을 뿐 정작 내가 하고 싶은 얘기를 하려고 하면 왜 이리 가슴이 두근두근 거리는지 이제 조금만 더 가면 우리 집에 도착할 때가 다 되어가는 데도 자꾸만 망설여져 아직도 이 얘기를 하지 못하고 있다는 것이었다. 나는 더 이상은 안 될 것 같아 용기를 내어 말을 꺼냈다.

"형! 저는 시범 보일게 하나도 없겠죠?"

단번에 나도 시범을 보이고 싶다는 말을 꺼내고 싶었지만 그건 대중이 형이 들어도 말도 안 된다고 할까 싶어 우선 형의 맘을 떠보고 싶었다.

"왜? 섭이도 시범 보이고 싶니?"

나는 형의 이런 물음에 민망해져 선뜻 말이 나오지 않았다.

"하고 싶긴 해요. 근데 전 당연히 못 하잖아요. 그냥 한번 말해 본 거예요, 형."

나는 더 이상 말을 하고 싶지 않았다. 조금 전까지만 해도 형에게 졸라볼까도 생각했지만 지금의 내 처지로 이런 말을 한다는 자체가 바보스러운 것 같았기 때문이다.

하지만 나의 대답을 들은 대중이 형에게서는 뜻밖의 대답이 나왔다.

"그래, 어차피 기본동작은 모두 다 하려고 했으니까 너도 그때는 해라."

"정말이죠? 진짜로 해도 되는 거죠? 약속해요! 약속한 거예요!"

나는 뜻밖의 형의 말이 도무지 믿어지지가 않아 몇 번을 되물으며 손가락까지 내밀어 다짐을 받았다.

형과 헤어져 집에 온 후에도 나는 연신 싱글벙글 대며 흐뭇한 마음을 감출 수가 없었다.

"우리 섭이가 오늘은 굉장히 좋은 일이 있나보구나?"

입 꼬리가 올라간 내 얼굴이 좋아보였는지 찬거리를 준비하던 할머니가 나에게 물었다.

"할머니! 우리도장에 외국 사람들 온 거 알지? 나도 그 사람들 앞에서 태권도 시범 보이기로 했어! 대중이 형이 나더러 하라고 했거든. 그래서 내일부터 연습해야 해! 거기에 무지 예쁜 여자아이도 있었다?"

나는 무슨 상이라도 받아 온 사람처럼 으쓱대며 너스레를 떨었다.

"우리 섭이가 태권도를 아주 잘 하나 보네!"

물론 할머니도 나의 태권도 실력이 어떻다는 건 알 테지만 내 기분을 맞추어 주려고 하는 말 같았다.

"그럼! 한번 해 볼까?"

나는 이내 할머니의 칭찬에 답례라도 하듯 풀어놓았던 하얀 띠를 다시 허리에 두르고는 무슨 영화에서 나오는 무림고수처럼 날아다니는 시늉을 하며 온 집안을 누비고 다녔다.

이렇게 한 바탕 소란을 피우고 난 후에도 좀처럼 나는 성에 차지 않았고 거울 앞에서의 나의 연습은 저녁 먹을 무렵이 되어서까지도 끝이 나지 않았다. 발차기며 기마자세를 몇 번이고 다시 해보기도 하고 아이들이 연습했던 품새를 쫓아 흉내내보기도 했다. 다른 때 같으면 먼지 난다고 호들갑을 떨 누나들조차도 나의 마음을 알아줬는지 그냥 모른 척 넘어가 주었다.

"딩동댕! 딩동댕!"
수업시간의 끝을 알리는 종이 울렸다.
두 번째 수업시간이 지날 때까지도 난 한모에게 아직 어제 일을 말하지 않았다. 도장에서 있었던 일과 내가 시범을 보인다는 것을 자랑하고 싶은 마음은 굴뚝같았지만 한모의 처지를 잘 알고 있었기 때문에 예전처럼 그리 선뜻 말이 나오지 않았다. 이런저런 생각에 잠긴 나의 귀에 한모의 목소리가 들려왔다.
"섭아! 왜 체육복 입고 왔어? 오늘 체육시간 없잖아?"
쉬는 시간이 거의 끝나갈 쯤 한모가 이상하다는 듯 물었다.
"어...... 엄마가 오늘은 체육복 입고 가라고 해서."
우리 반에는 종종 체육시간이 없어도 체육복을 입고 오는 아이들이 있었기 때문에 이런 한모의 생각지도 않은 기습 질문이 당황스러워 나도 모르게 어머니 핑계를 댈 수밖에 없었다. 사실 학교에 오기 전 태권도복이 없었던 나는 시범보일 연습을 한다는 생각에서일까? 오늘은 왠지 도복 대신 체육복이라도 입고 가야 한다는 생각을 했고 방과 후 바로 도장으로 갈 마음으로 아예 체육복을 입고 학교에 온 것이었다. 그리고 내가 태권도복이 있는 줄로만 아는 한모에게 이런 나의 사정을 이야기할 수도 없었다.

"아…… 그랬구나."

다행히 나의 대답을 들은 한모는 바로 수긍하듯 더 이상은 묻지 않았다. 나는 이 틈에 한모에게 슬쩍 말을 꺼냈다.

"한모야, 어제 우리 도장에 외국 사람들 왔었다?"

나도 이 사람들 앞에서 시범을 보인다는 말을 맨 처음 해주고 싶었지만 그건 너무 자랑하는 것 같아 먼저 이 사람들에 대해 말문을 열었다.

"진짜로? 진짜 왔었어?"

한모는 내 옆으로 바짝 몸을 붙이며 쉽게 믿겨지지 않는다는 표정을 지었다.

"응 그래. 진짜 왔었다니까!"

"왜? 왜 왔는데? 너도 같이 있었어? 와서 뭐 했는데? 우리랑 많이 다르게 생겼지?"

원래 한모는 궁금한 게 있으면 습관처럼 한 번에 많은 걸 물어보았기 때문에 나는 무엇부터 대답해 주어야 할지 몰랐다.

"몰라 나도. 형들이 그러는데 태권도 보러 온 거래."

"외국 사람들도 태권도 할 줄 알아?"

"글쎄 그건 나도 잘 모르겠는데. 근데 그 사람들 중에 여자아이도 있었는데 눈 색깔도 파란색이야. 그래서 꼭 인형 같았다."

여자 아이에 대해 얘기를 들은 한모는 호기심 가득한 얼굴로 눈까지 똥그레졌다.

"정말 인형 같았어? 윤주보다 더 예뻐?"

한모는 윤주가 앉아 있는 자리를 쳐다보며 얘기했다. 윤주는 우리 반 여자아이들 중에서 가장 얼굴이 예뻐 인기가 많은 여자아이였고 한모도 이 아이를 내심 좋아하고 있었다.

"에이, 윤주보다도 훨씬 예뻐!"

나는 당연하다는 듯 윤주와 한모를 번갈아 쳐다보았다.

"우와! 그럼 진짜 예쁜 건데. 나도 한번 봤으면 좋겠다!"

내 예상대로 한모는 나를 많이 부러워하는 눈치였다.

"근데. 그 아이가 날 좋아하나봐. 도장에서 자꾸 날 쳐다보더라고."

한모에게 얘기를 꺼내기 전까지만 해도 한모의 처지를 생각하며 선뜻 말을 꺼내지 못했었는데 이놈의 입이 방정인지라 막상 이야기 보따리를 풀고 나니 한모에 대한 작은 배려조차 좀처럼 잘 되지 않았다. 그리고 이내 나는 한술 더 떠 며칠 후에 그 아이 앞에서 태권도 시범까지 보이게 됐다는 말을 하며 어제 할머니 앞에서처럼 나도 모르게 신이나 너스레를 떨었다.

"태권도장 다니니까 정말 좋구나. 외국 사람들도 보고 나도 한번 가보고 싶다. 섭아……나도 그날…… 도장 가면 안 되겠지?"

한모는 어려운 부탁이나 하는 것처럼 잔뜩 자신감 없는 말투로 말했다.

"음…… 아마 안 될 것 같은데……. 미안해, 한모야."

대답을 하는 나도 스르르 힘이 빠졌다.

얼마 전 나도 도장에 데리고 가달라는 부탁을 대중이 형에게 해 봤기 때문에 지금 도장에 가고 싶은 한모의 마음을 난 누구보다도 더 잘 알 수 있었다. 그리고 나도 한모를 데리고 가고 싶은 마음은 당연했다. 아니 꼭 함께 가고 싶었다. 하지만 안타까운 것은 난 대중이 형이 아니라는 거다. 형이야 검은 띠에 도장도 오래 다녀 내 부탁을 들어줄 수 있는 힘이 있었지만 난 사정이 많이 달랐기 때문에 관장님에게 물어보겠다는 대중이 형 정도의 대답조차 해 줄 수가 없었다. 더욱이 일전에 한모에게 조금 덧붙여 해 놓은 말들이 들통 날까 싶어서도 한모 편에 서서 더 이상 뭐라 해 줄 말이 없었다.

이런 나의 대답을 들은 한모는 조금 무안했던지 앞에 놓인 필통을 괜히 뒤적이며 언제나 그랬던 것처럼 빙그레 크게 한번 웃어보이고는 오히려 나에게 시범을 잘 보이라는 말까지 해주었다. 분명 안 된다는 나의 말에 크게 실망을 했을 법도한데 나에게 격려까지 해 주는 한모의 모습을 보며 괜스레 또 자랑만 하게 된 것 같아 미안한 마음을 감출 수가 없었다.

그래도 다행인 것은 한모와 신문보급소를 다녀온 이후에도 나는 틈틈이 한모의 신문 돌리는 일을 도와주었기 때문에 그나마 미안함을 덜 수 있었고 한모가 이해해 줄 거란 생각도 할 수 있었다.

수업시간 내내 한모가 마음에 걸렸지만 연습을 해야 한다는 급한 마음에 방과 후 나는 집에도 들르지 않은 채 곧바로 도장으로 향했다.

아직은 너무 일러서인지 내 또래의 아이들 말고는 상급자 형들은 보이지 않았다.

조용히 한쪽 구석에 가방을 내려놓은 나는 가방에서 하얀 띠를 꺼내어 평소보다 힘을 주어 허리에 두르기 시작했다. 띠를 다 두른 후 벽에 붙어 있는 거울을 보며 폼을 잡아보았다. 비록 체육복 위에 띠를 매긴 했어도 거울로 보이는 내 모습은 도복이 부럽지 않을 만큼 유난히 멋지고 비장해 보이기까지 했다. 한동안 내가 거울에 비친 내 모습에 심취해 있는 동안 하나 둘 상급자 형들도 도장에 모여 들었다. 도장에 도착한 형들의 표정에도 나와 같은 비장함이 묻어나는 듯했다. 어느덧 도장이 비좁을 만큼 아이들이 들어차고 폼을 부리며 바라봤던 거울 또한 다른 형들의 차지가 되어버렸다. 거울 앞자리를 형들에게 순순히 내어주고 나니 이제는 아직도 모습을 보이지 않는 대중이 형이 궁금했다.

'형이 빨리 와야 연습을 시작할 텐데 왜 아직 안 오는 거지……'
나의 궁금증이 커져갈 즈음 도장 문이 열리고 형의 모습이 보였다.
"형!"
나는 나도 모르게 반가운 마음에 쪼르르 형에게 달려갔다.
그런데 형의 모습을 본 나에게 있어 반가운 것은 형뿐만이 아니었다. 형의 두 손에는 빵과 우유가 한 아름 들려 있었고 나는 이것들이 형보다도 훨씬 더 반가웠다.
순간 다른 아이들도 나와 같은 마음이었는지 우르르 형 앞으로 달려들기 시작했다. 그리고 서로가 짐을 받아 주겠노라며 손을 내밀었지만 대중이 형은 뿌리치듯 혼자 들고는 맨 앞으로 걸어갔다.
"오늘 연습 잘하라고 관장님이 주시는 특별 간식이다!"
대중이 형은 빵과 우유를 내려놓은 후 마치 관장님이라도 된 듯 허리에 두 손까지 올려가며 관장님과 비슷한 말투로 우리에게 말을 했다.
"와! 와! 와!"
대중이 형의 말이 끝나자 나를 비롯해 아이들 모두 일제히 환호성을 터트렸다. 솔직히 빵과 우유는 평소에도 그럭저럭 먹을 수 있는 대단한 음식은 아니었기 때문에 이렇게 환호성까지 지를 만한 간식 거리는 아니지만 관장님이 연습을 잘하라고 사준 특별한 의미도 있었고 왠지 도장에서 다 같이 먹는 빵과 우유는 색다른 맛일 거란 기대감이었다.

마치 먹이를 기다리는 새끼 참새처럼 짹짹거리는 우리들을 잠시 진정시킨 대중이 형은 앉아 있는 우리들에게 일일이 빵과 우유를 나누어 주기 시작했다. 비닐 봉투 안에는 여러 종류의 빵들이 뒤섞여 있었는데 형이 직접 나누어 주는 바람에 먹고 싶은 빵을 골라먹을 수 있는 선택권은 없었다. 아마 대중이 형도 이런 점을 생각해 나름 공평하게 주기 위해 일일이 손수 나누어 주고 있는 것 같았다.

빵과 우유를 손에 든 아이들은 무슨 소풍이라도 온 것처럼 여기저기 둘러앉아 서로의 빵 크기를 재어보기도 하고 반반씩 나누어 먹기도 하며 도시락 까먹듯 먹기 시작했다. 하지만 대중이 형은 우리에게 간식 먹을 시간을 그리 많이 주지는 않았다.

"자 이제 다 먹었으면 연습하자!"

이 정도면 됐다 싶었는지 연습을 하기 위해 준비하라는 것처럼 먼저 준비운동을 하며 몸을 풀기 시작했다.

도장에서의 대중이 형 말 한마디는 학교 선생님보다도 훨씬 더 무서웠기 때문에 이때까지도 아직 다 먹지 못한 아이들과 나는 형의 말대로 연습을 하기 위해 일사분란하게 움직였다.

이내 대열이 맞춰지고 대중이 형의 구령소리와 함께 연습이 시작되었다. 연습을 하는 동안 대중이 형의 눈은 평소와 다르게 나를 주시하고 있었다.

"야! 이한섭! 너 제대로 못 해!"

다른 때는 내가 틀리든 말든 신경도 안 쓰던 형이 오늘은 나에게 호락호락 넘어가주지 않았다.

"죄송해요."

형의 호통을 듣고 나니 긴장한 탓인지 손발이 더 내 맘같이 따라 주지 않았다. 나도 늘 해왔던 기본동작이라 완벽하진 않아도 대충은 따라 할 수 있을 거라 생각했는데 정식으로 대열에 끼어 사소한 동작 하나하나까지 신경을 쓰려니 어려웠다.

나도 한다고 하고 있었는데 형의 눈에는 차지 않았는지 이 후에도 형은 불만스런 표정으로 나를 볼 때가 많았다.

위축이 되긴 했지만 심기일전해 노력하고 있는 나에게 청천벽력 같은 형의 말이 또 한 번 들려왔다.

"이한섭! 너 뒤로 나가!"

형에게 혼이 난 건 나뿐만이 아니었다. 하지만 대열에서 빠지라는 말을 들은 건 내가 처음이었다. 나는 순순히 형의 말에 따라 뒤로 물러섰다. 무리한 내 욕심으로 자초한 일이니 하는 수 없었다. 그런데 형은 너무하게도 여기서 그치지 않았다.

"거기 엎드려뻗쳐 하고 있어!"

'엎드려뻗쳐를 하라고······. 그것도 아이들 앞에서······.'

마음이 쾅 한 것이 수치심이 들고 이렇게까지 할 건 아니라는 생각이 들었다. 게다가 벌을 주는 사람이 대중이 형이라는 것에 더 서러웠다.

바닥에 엎드려 고개를 숙이고 나니 더는 눈물이 나는 것을 참을 수가 없었다. 아이들 앞이라 소리는 내지 않으려 했지만 떨어지는 눈물은 감출 수 없었다.

"대중아! 너 너무 하는 거 아니니? 못 할 수도 있지, 그걸 가지고 이렇게 혼을 내고 벌을 세워!"

선희 누나의 목소리였다. 선희 누나는 내가 도장에 처음 오던 날 내게 말을 걸어준 그 누나인데 지금도 내가 안쓰러웠는지 나의 편을 들어주고 있었다. 누나는 매우 여성스러웠지만 검은 띠답게 태권도를 할 때만은 남자처럼 강해 보였다

날 생각해주는 누나의 마음은 고맙지만 한편으로는 대중이 형에게 더 눈치가 보였다. 둘 사이에 벌어진 언쟁 끝에 내려진 결론으로 나는 바로 일어설 수 있게 됐다. 하지만 이것과 함께 얻은 것은 시범에서도 빠지게 됐다는 것이다.

파란 눈의 소녀가 다시 오기로 한 날을 하루 앞두고 관장님은 우리에게 그 사람들에게 줄 선물을 준비해 오라고 했다. 반드시 해가야 하는 것도 아니었고 해 온다 해도 형편에 맞게 하라는 신신당부의 말도 있었다. 나는 그 아이한테 만큼은 선물을 꼭 주고 싶은 마음에 심란해졌다. 우리 형편으로는 어머니에게 말도 못 붙일 일이라는 걸 알기 때문이었다.

하지만 지성이면 감천이라고 했던가. 나는 어머니를 조르고 졸라 유리관 안에 들어 있는 한복 입은 인형을 살 수 있었다. 내가 태어나서 지금까지 이때만큼 사생결단을 하고 떼를 써 본 적은 없었을 것이다.

다음날 나의 발걸음은 어느 때보다도 가벼웠지만 혹시라도 유리관이 깨질 새라 한발 한발 신중을 기하며 도장으로 향했다. 도장에 들어가 둘러보니 아이들이 가져온 선물 중에 나만한 것은 없어보였다.
　나는 선물을 줄 수 있다는 것에 시범을 보이지 못 하는 것도 이제는 상관없었다. 시간이 됐는지 관장님은 마중을 하기 위해 밖으로 나가는 것 같았다. 관장님이 나가자 대중이 형은 우리에게 몇 가지 지시사항을 말해주었다. 그 아이를 볼 시간이 가까워 올수록 가슴이 떨리는 게 입이 다 마를 지경이었다.
　조금 후 문이 열리고 많은 사람들이 들어왔지만 내 눈에는 그 아이 밖에 보이지 않았다. 사람들은 관장님의 안내에 따라 태극기 앞쪽에 자리를 잡았다.
　곧이어 대중이 형의 구령에 맞추어 태권도 시범이 선보여졌다. 아이들의 절제된 동작은 한 치의 흐트러짐이 없어 보였다. 도복 깃을 날리며 시범을 보이는 아이들은 마치 짜 놓은 각본처럼 호흡이 척척 맞아 떨어졌다.
　지켜보는 사람들의 시선도 사뭇 진지했고 도장 안은 아이들의 기합소리 외엔 아무것도 들리지 않았다. 나도 처음 보는 시범이라 그 아이를 쳐다볼 겨를도 없이 시범 보는 것에 눈을 뺏기고 말았다. 처음 있던 아이들이 대부분 빠지고 매트 위에는 대중이 형과 몇몇 아이들만 남아 있었다. 대중이 형의 눈짓으로 아이들은 이내 일렬로 정렬해 바닥에 무릎을 꿇고 엎드렸다. 엎드려 있는 아이들은 자그마치 다섯 명이나 됐고 그 끝에는 송판을 두 손에 꼭 쥔 아이가 서있었다.

"얍!"

대중이 형은 우렁찬 기합소리를 내며 아이들 위로 날아올랐다. 형의 발은 송판 위에 내리꽂혔고 순식간에 송판이 두 동강 나버렸다. 정말 눈 깜짝할 새에 벌어진 일이었다. 이 광경을 느린 화면으로 볼 수만 있다면 다시 보고 싶을 정도로 멋진 순간이었다.

그 동안 숨죽이며 지켜만 보았던 그 사람들조차 일어나 박수를 치며 형에게 찬사를 아끼지 않았다. 나는 이런 형과 친하다는 게 자랑스러웠다. 말만 통했어도 그 아이에게 우리 옆집 사는 친한 형이라고 말해주고 싶었다. 그 아이도 형의 모습을 보고 반해 버릴 수도 있겠지만 질투는 나지 않았다. 형이라면 그럴 자격이 충분하다고 생각했다. 내가 그 아이라도 대중이 형에게 반했을 것이다.

뒤이어 관장님의 호신술 시범이 이어졌다. 호신술 시범에는 선희 누나가 함께 했는데. 머리스타일이 바뀐걸 보니 나름 오늘을 위해 신경을 많이 쓴 듯 보였다.

호신술 시범을 끝으로 내가 기다리고 있었던 시간이 되었다. 관장님이 누구라고 꼬집어 정해주지 않아도 아이들은 흩어져 자기들 마음에 드는 사람에게로 가 선물을 건네고 있었다. 나도 주저 없이 그 아이 앞으로 다가갔다. 쑥스러움에 얼굴도 제대로 볼 수가 없어 선물만 삐죽 내밀었다. 내 선물이 만족스러웠는지 유리관 인형을 받은 아이는 품에 꼭 안아주었다.

마음에 들어 하지 않으면 어쩌나 하고 걱정했는데 천만다행이었다.

"……!"

파란 눈의 소녀가 나를 보며 무언가 말을 했다. 내가 그토록 바라던 시간이었건만 도무지 알아들으려야 알아들을 재간이 없었다.
"······."
 나는 눈만 멀뚱멀뚱 떴다. 나도 뭔가는 말을 했어야 했는데. 엉겁결에 목례를 하고는 뒤돌아섰다. 어림잡아 봐도 나보다 더 어려보이는 아이에게 고개 숙여 깍듯이 인사를 했다는 것이 창피하기도 했지만 말 대신 이렇게라도 해야 내 마음이 편할 것 같아서였다.
 우리가 준비한 선물이 다 건네지고 나자 그 사람들도 우리에게 다가와 자기나라 국기가 새겨진 쪼그마한 배지를 답례로 달아주었다. 배지를 보고 안 건 아니지만 이 사람들이 미국사람이라는 것도 알게 되었다.
 나는 훈장이라도 단 것처럼 뿌듯했다. 이때부터 내 가슴에 달린 배지와 나는 한 몸이 되었다. 학교에 갈 때도 동네 아이들과 구슬치기를 할 때도 하다못해 잘 때마저도 배지는 내 가슴에서 떨어질 줄 몰랐다.
 나는 그 소녀와 헤어진 지 28년이 된 지금에도 그때의 말이 무슨 의미인지 아직 모른다. 고맙다는 인사정도로 가볍게 치부해 버릴 수도 있지만 그러고 싶지 않은 것은 내 나름대로의 의미를 부여해가며 그때를 회상할 수 있는 것을 잃어버리고 싶진 않아서가 아닐까 싶다.
 언젠가는 내 기억 끝자락에 남을 지도 모를 그 소녀는 여전히 오늘도 파란 눈을 가진 그녀가 되어 내 가슴속에 남아 있다.

# 5

"자! 주목! 오늘 집에 돌아가면 이 채변봉투에 대변을 담아가지고 내일 학교에 가지고 오도록 해!"

방과 후 집에 돌아오는 발걸음이 무거웠다. 선생님 말대로 나누어 준 채변봉투에 나의 그것을 담아 와야 하기 때문이다. 별 큰일은 아니지만 재래식 화장실인 우리 집 구조에서는 영 성가신 일이 아니었다. 수월하게 변을 보았다 해도 이것을 입구가 좁은 봉투에 얼마나 잘 깔끔하게 넣느냐는 또 하나의 관건이었다.

그런데도 누나들은 어떤 기술이 있었는지 봉투와 성냥개비 하나를 들고 가 겨우 쪼그리고 앉아 옴짝달싹 못하는 비좁은 화장실에서도 무사히 일을 마치고 나왔다.

나는 아직 서툰 기술 덕분에 할머니의 도움을 받으며 바닥에 종이를 깔고 성냥개비로 콩알만 한 대변을 보기 좋게 봉투에 담을 수가 있었다. 이렇게 무사히 거사가 치러지고 나는 만족스럽고 편한 맘으로 실내화 주머니에 고이 넣어두었다.

다음날 학교에 도착한 아이들은 자신들의 그것을 가지고 왔다는 것 때문인지 괜히 부끄러워하고 있는 것 같았고 유독 여자아이들은 더 심해 보였다. 그래서 그런지 서로가 말도 잘 하지 않고 조용히 선생님을 기다리고 있었다.

잠시 후 커다란 비닐 봉투를 손에 든 선생님이 교실 문을 열고 들어왔다. 선생님은 아무 말 없이 가져온 커다란 비닐 봉투를 압정으로 칠판 끝 모서리에 박아두었다.

"일번부터 가져온 채변봉투를 여기에 넣어라!"

말을 끝낸 선생님은 언제나처럼 관심밖의 일이라는 듯 자신의 책상으로 가 무언가에 열중하고 있었다. 선생님의 말이 끝나자 아이들은 모두 무슨 거룩한 의식이라도 치르듯 차분하게 집게손가락을 하고는 잡는 둥 마는 둥 하며 각자의 채변봉투를 넣고 자리에 돌아갔다.

그런데 한모는 의식이 거의 다 끝나갈 때까지도 뭔가 불안한 기색을 하며 연신 여기저기를 뒤지고 있었다.

"한모야, 왜 그래?"

"……"

한모는 아무 대답도 안 하고 가방이며 공책을 털어가며 사이사이까지 뒤지고 있었다.

"한모야 왜 그러냐니까? 뭐 잃어버렸어?"

나는 대답도 하지 않는 한모가 답답했다.

"…… 섭아. 이상하게 이게 없어……."

"아니! 뭐가. 뭐가 없어졌는데?"

애매모호한 한모의 대답이 나를 더 답답하게 만들었다.

"채변봉투가 없어졌어."

채변봉투가 없어졌다는 한모의 말이 이해가 잘 되지 않았다. 혹시 학용품이라면 몰라도 도대체 이 더러운 걸 누군가 가져갔을 리도 없었고 분명히 한모가 깜박하고 집에 놓고 왔을 거란 생각을 했다.

"혹시 너 집에 놓고 온 거 아니야?"

"아니야 분명히 가져왔단 말이야……."

한모는 울상을 지으며 자기의 말이 맞는다는 듯 가방을 다시 한 번 뒤져보기 시작했다.

"야! 실내화 주머니에 있는 거 아냐?"

다른 아이들도 그랬겠지만 채변봉투가 더러워 나도 실내화 주머니에 넣어왔기 때문에 혹시나 하는 마음에 물어보았다.

"그…… 그런가……. 아니야……. 할머니가 가방에 넣어둔 것 같은데……."

한모는 머리를 긁적이며 정말 이상하다는 표정이었다.

"혹시 모르니까. 선생님한테 얘기하고 갔다와봐?"

나의 말을 듣고도 한모는 선생님에게 혼날까봐서도 그럴 테지만 다른 것도 아니고 이런 일로 선생님에게 말을 한다는 것이 아이들 앞에서 창피했던지 아무런 반응을 보이지 않고 있었다.

"그럼! 내가 얘기한다."

이런 한모를 보고 있으려니 답답한 마음에 차라리 내가 대신 얘기해 주고 싶었다.

"어…… 그래……."

한모도 내심 바라는 눈치였다.

"선생님! 한모가 채변봉투 실내화주머니에 놓고 왔데요!"

나는 손을 번쩍 들어 확실하진 않았지만 분명 실내화주머니에 있을 거란 확신으로 선생님에게 말을 했다.

"정한모! 너는 입이 없어? 왜 섭이가 대신 말을 하니!"

선생님은 나와 한모를 빤히 쳐다보며 여지없이 곱지 않은 말투로 쏘아붙였다. 순간 나의 의도가 빗나갔음을 알았다. 한모를 혼나게 하려고 대신 말을 했던 게 아니었는데 분명 선생님도 나의 의도를 알고 있었을 텐데. 선생님의 말이 끝나기가 무섭게 아이들의 눈은 일제히 한모를 향했다. 이런 선생님의 말과 아이들의 시선에 그렇잖아도 외소하고 깡마른 한모의 몸은 바짝 더 오그라들어 있었다.

선생님의 모진 말투는 한모뿐 아니라 나 역시 때때로 들어온 적도 많았기 때문에 나도 덩달아 기가 죽어 있었고 유독 한모에게는 지금처럼 곱지 않은 말투로 말을 한 적이 많았었다. 담임선생님은 우리 어머니보다도 나이가 더 많은 늙은 여선생님이었다. 남자처럼 짧은 커트머리스타일에 나이에 맞지 않게 항상 알록달록 화려한 무늬의 옷을 즐겨 입었고 치마보다 바지를 훨씬 자주 입는 걸 보면 치마보다는 바지를 더 좋아하는 것 같았다. 이 때문에 내 눈에는 꼭 남자처럼 보일 때가 많았다. 그래서 어쩌면 더 무섭게 느꼈을지도 모른다.

지금 떠올려 봐도 그 선생님에 대해 그리 좋은 기억은 없다. 손에 든 돈이 부족해도 늘 내가 먹고 싶은 것을 살며시 나의 손에 쥐어주던 담뱃가게 할머니처럼 너그러움이 있지도 않았고, 학교 앞 문방구 주인아주머니처럼 우리를 자상하게 챙겨주는 따뜻함은 더더욱 없었다. 또 대하는 아이들에 따라 달라지는 말투와 표정은 욕심이 가득한 항아리 굴에 혼자 사는 두 얼굴을 가진 늙은 마녀처럼 보이기도 했다. 그러나 늙은 마녀는 우리 반 모두에게 자상하고 너그럽지 못한 건 아니었다. 늙은 마녀의 너그러움과 자상함에는 늘 서열이 존재했다. 그리고 늙은 마녀가 마음대로 정해놓은 그 서열에 높이 있는 아이들 일수록 자상함과 너그러움을 더 크게 받을 수가 있었다. 그 서열이라는 것은 누가 더 늙은 마녀의 구미를 당기게 하는 맛있고 비싼 간식을 싸오느냐에 따라 달랐고 스승의 날을 맞아 선물을 받아든 늙은 마녀의 입가에 지어지는 미소의 크기로 정해졌으며 하다못해 폐품을 수집해 가는 때조차도 그랬다.

　그래도 여유 있는 집의 아이들은 아버지가 신문 보는 것을 한데모아 무슨 선물포장이라도 하듯 예쁜 노끈에 묶어 부모님까지 동원해 가지고 와야 할 만큼이 엄청난 양의 폐품을 가져왔지만 우리 집은 신문도 보지 않을 뿐더러 설사 신문과 같은 폐품이 있다 해도 고물상에 팔아 살림에 보태면 보탰을까 학교에 가지고 갈 만한 것들은 없었다. 그나마 나는 막내인 덕에 누나들이 양보한 것까지 하면 이것저것 모아 내 손에 잡힐 만큼의 양은 됐지만 누나들은 자기들의 다 쓴 공책 몇 권만 들고 가는 때도 부지기수였다. 그래서 난 하물며 이깟 폐품을 가지고 가는 것조차 늙은 마녀에게 잘 보이고 싶어 어머니에게 투정을 부리곤 했다.

하지만 이런 것들 따위보다는 늙은 마녀의 눈에 들기 위한 가장 좋은 것은 뭐니 뭐니 해도 부모님이 얼마나 학교에 자주 오느냐 하는 것이었다. 늙은 마녀를 보기 위한 부모님의 방문이 많으면 많을수록 점점 더 그 아이들의 서열도 높아져갔다. 난 이런 늙은 마녀 덕분에 너그러움에도 서열이 존재함을 너무 일찍 알아버렸다.

"정한모! 뭐하고 있어? 빨리 갔다와봐!"

움츠려 있던 나에게 여전히 날카로운 선생님의 목소리가 들려왔다.

"어…… 어, 네. 선생님……."

한모는 소리 내지 않으려고 힘주어 걸상을 잡고 자리에서 일어나 실내화 주머니가 있는 복도로 가기 위해 교실 문을 열었다.

"쯧쯧쯧, 어이구, 어이구."

이런 한모의 모습이 한심해 보인다는 듯 선생님의 혀 차는 소리는 조용한 교실 안 적막을 깼다.

"서……선생님……."

복도에 다녀 온 한모는 선생님이란 말 이외에 아무 말도 하지 않고 그 자리에 서 있었다.

이런 한모를 쳐다보는 선생님의 눈초리를 봐서는 이미 한모가 다음에 무슨 말을 하려고 하는지 다 알고 있는 눈빛이었다. 선생님의 손짓으로 한모는 선생님 앞으로 다가갔다.

"너 옷 한번 뒤져봐."

무슨 직감에서였는지 선생님은 나지막한 목소리로 한모에게 직접 옷을 뒤져보라고 했다. 선생님의 말을 들은 한모는 잠시 망설이는가 싶더니 이내 옷을 뒤져보기 시작했다. 온 몸을 만지작거리며 자신의 몸을 더듬던 한모의 손이 잠바 안주머니에 들어갔다 나오는 순간 선생님의 직감이 맞았던 것일까. 한모의 손에는 반듯하게 접혀있는 노란종이가 딸려 나왔다. 아이들의 눈은 일제히 숨죽이며 한모의 손에 들린 노란종이에 고정됐다. 나도 마찬가지로 그 종이를 뚫어져라 쳐다봤다. 한모가 조심스레 종이를 열어보았다. 그 종이를 반쯤 펼쳐 보이자 그 속에는 그토록 애타게 찾았던 채변봉투가 가지런히 놓여있었다.

'어! 주머니에 있었네!'

채변봉투를 본 나는 찾았다는 안도감도 있었지만 내가 상상치도 못한 곳에 있었다는 것이 당황스럽기도 했다. 그리고 이내 적막했던 교실 안은 음악시간 풍금에 맞추어 부르던 돌림노래처럼 "더러워, 더러워, 더러워" 하는 소리가 퍼져갔다.

한모의 눈가에는 눈물이 맺혀 있었다. 다른 아이들은 몰라도 맨 앞자리에 앉아 있던 나와 선생님의 눈에도 또렷이 보였을 것이다. 하지만 선생님은 한모의 눈물이 아무렇지 않았나보다. 한모의 눈물이 볼을 타고 흘러내릴 즈음 송곳 같은 목소리가 또 한 번 한모를 아프게 찔러왔다.

"너 이거 먹으려고 여기에 숨겨왔니? 이게 뭐 그리 중요한 거라고 꽁꽁 숨겨왔니 그래. 너도 참 별종이다."

한모의 눈물이 흘러 옷자락을 적시는 동안에도 선생님의 말은 이어졌다.

이 광경에 키드 키득 대며 선생님을 동조하는 아이들도 있었지만 개중에는 동정의 눈빛을 보내는 아이들도 있었다.
"뭘 그리 서 있어 저기에 넣고 들어가지 않고!"
한모의 눈물에도 난 비겁하게 아무 말도 할 수 없었고 도와줄 수도 없었다. 혹시 늙은 마녀가 유일하게 무서워하는 교감선생님이라면 모를까, 부모님조차 안 계신 한모를 대신해 지금 이 늙은 마녀에게 대적해 줄 수 있는 사람은 이 안에 단 한 명도 없었다. 과연 우리 반 서열 일위인 상우가 이랬어도 늙은 마녀는 이렇게 했을까. 아닐 것이다. 아마도 상대가 상우였다면 늙은 마녀는 친절하게 친히 교실 문을 열고나가 복도에 걸려있는 실내화주머니를 보고 왔을 것이다.
한모의 눈물은 멈출 줄을 몰랐지만 소리는 나지 않았다. 선생님의 말대로 칠판 한 귀퉁이에 매달려 있는 커다란 비닐봉투에 채변봉투를 넣은 뒤 불과 몇 발짝 안 되는 거리임에도 자리로 돌아오는 한모의 더딘 걸음걸이는 마치 차가운 얼음장처럼 굳어버린 듯 쉽게 옮기지 못했다. 그리고 이제 한모를 얼어버리게 만든 건 선생님의 말보다도 한모를 지켜보고 있는 아이들의 차가운 시선들이었다.
한모는 마치 늙은 마녀의 못된 마법에 걸리기라도 한 듯 자리에 앉을 때까지도 그저 시키는 대로만 하고 있을 뿐 단 한 번의 대꾸도 하지 않았다. 나의 옆으로 돌아온 한모는 여전히 노란종이를 손에 꼭 쥐고 있었다. 한모에게 물어보진 않았지만 어쩌면 한모는 선생님과 아이들이 더럽다고 치부해 버린 이 노란종이에서 할머니의 마음을 느끼고 있었을지도 모른다. 신문을 돌려가며 당신을 끔찍이도 생각하는 손자를 위해 노심초사하며 행여나 잃어버려 혼나지나 않을까,

고이고이 접어 안주머니에 넣어준 이 노란종이에는 그 누구보다도 한모를 아끼고 챙겨주는 할머니의 따뜻한 사랑도 담겨져 있었을 테니까.

# 6

 우리 동네 겨울은 다른 계절에 비해 무척이나 한가롭고 조용하기까지 하다. 그 이유는 항상 '드르렁' '드르렁' 대며 동네를 시끄럽게 울리던 오토바이 아저씨의 커다란 오토바이 소리를 들을 수 없기 때문이었다.
 오토바이 아저씨는 앞집 석현이네 옆에 살고 있었는데 지금처럼 추운 겨울이 아니라면 거의 대부분을 오토바이를 타고 낚시를 다녔다. 다른 집들이 가지고 있는 이동수단이라고는 고작 자전거가 전부였고 그것도 몇 대 있을까 말까 하는 동네에 아저씨는 군데군데 녹이 슬고 털털대긴 했어도 손잡이 주위에는 색색의 바람개비가 꽂혀 있고 두 사람이 타고도 남을 만한 커다란 크기에, 세차를 하고나면 뽀얀 광택까지 나는 제법 그럴듯해 보이는 오토바이를 가지고 있었다. 그래서 나는 이 아저씨를 오토바이 아저씨라고 부르게 됐지만 동네 어른들은 안 씨네 혹은 기운이네라고 부르기도 했다. 기운이란 이름은 오토바이 아저씨에게 말로만 듣던 아저씨 아들이름이었는데 폐병으로 어려서 일찍 세상을 떠났고 그 슬픔에 더 이상 자식을 갖지 않고 살기로 한 것이라고도 했다. 이런 이유로 아저씨의 아들을 실제로 본 동네 사람들은 한 명도 없었지만 오토바이 아저씨를 기운이네라고 부르는 사람들도 있었다. 오토바이 아저씨의 정확한 나이는 모르겠지만 머리는 반쯤 벗겨진 대머리에 그나마 있는 주변머리가 희끗희끗한 걸 보면 무척이나 나이가 많아보였는데 아주머니가 훨씬 젊어 보이는 걸 보면 나이차이가 꽤 많이 나는 것 같아 보였다. 하지만 매일 같이 물걸레로 아저씨의 오토바이를 닦아주는 아주머니를 보면 그래도 금슬은 좋아보였다. 때로는 오토바이를 닦는 아주머니의 모습을 보며 아저씨의 오토바이 때문이었을까. 이 동네에서 돈이 있으면 얼마나 있으랴마는 젊은 여자가 돈 때문에 늙은이 옆에 붙어 있는 거라며 이유 없이 손가락질하는 이도 있었다.

한번 시작된 동네 아주머니들의 수군거림은 비단 오토바이 아저씨의 부인 얘기로만은 그치지 않았다.

"안씨네는 무슨 돈 가지고 거래 고기만 잡으러 다닌데."

"못 들었어? 안 씨네 원래는 알부잔데 재산 숨기려고 일부러 이 없는 구석에 와서 산다는 거라는데."

"그려. 아마 무슨 죄도 짓고 여편네랑 돈 싸들고 도망 온 거라고 그러든 디."

다들 나름대로의 소설을 써가며 자신의 이야기가 진짜인 것처럼 목청을 높이곤 했다. 어떤 때는 서로의 이야기가 맞다 틀리다를 놓고 언쟁이 붙기도 했지만 처음에는 거짓이었던 것도 이야기의 끝은 항상 "맞네! 맞아!" 하며 자신들이 하는 오토바이 아저씨에 대한 얘기는 모두 사실이 되어버렸다.

이처럼 오토바이 아저씨 네는 오토바이를 가지고 있다는 것과 젊은 부인을 뒀다는 것 때문에 동네 아주머니들의 입방아에 자주 오르내리긴 했지만 어찌 보면 이런 아주머니들의 이야기가 아주 없는 소리인 것만은 아닌 듯했다. 오토바이 아저씨 네는 처음부터 우리 동네에 살고 있지는 않았다. 내가 지금보다 더 많이 어릴 적, 그래서 잘 기억은 나지 않지만 아저씨와 아주머니는 거의 오토바이 하나만을 끌고 이곳으로 이사를 왔다고 한다. 그리고 지금까지도 우리 동네에서 아저씨의 직업이 무엇인지 무엇으로 먹고 사는지 아는 이는 한명도 없었다. 뚜렷한 직업도 없어 보이는 아저씨가 그 비싸다는 오토바이에 매일같이 물고기만 잡으러 다니는 모습이 어른들 눈에는 숨겨놓은 재산 꽤나 있어 보였을는지도 모른다.

하긴 내 눈에도 물고기만 잡으러 다니는 아저씨의 직업이 어부처럼 보였을 정도였으니 어른들의 이 같은 생각은 당연했다.

오토바이 아저씨는 언제나 노랗게 찌든 러닝셔츠만 입은 채 오토바이 뒤에 그물이며 갖가지 도구들을 싣고는 고기를 잡으러 갔다. 그리고 해가 질 무렵 어디에서 잡아오는 건지는 모르겠지만 우리 동네 모두까지는 아니더라도 골목에 사는 사람들은 충분히 먹고도 남을 만한 물고기를 잡아올 때가 많았다. 그래서 아저씨가 돌아오기를 은근히 기다리고 있는 집들도 있었다. 아저씨를 기다리고 있던 동네 사람들은 골목 어귀에 오토바이 소리가 들려오면 아저씨가 왔다는 걸 대번에 알아채고는 마치 통장님이 반상회를 알리는 확성기 소리를 들은 것처럼 어슬렁어슬렁 바가지며 세숫대야를 들고 아저씨 집 앞에 줄을 서듯 모여들었다.

어느 집은 몇 마리라도 더 가져가고 싶은 욕심에 아이들까지 바가지를 손에 들려 데리고 온 집도 있었다. 아저씨가 물고기를 나누어 주실 요량으로 커다란 대야에 옮겨 부으면 거기에는 붕어가 많았지만 간혹 가다 팔뚝만한 잉어가 눈에 띌 적도 있었다. 오토바이 아저씨와 아주머니에 대해 이러쿵저러쿵 욕하던 아주머니들도 이때만큼은 호호거리며 아주머니가 젊어서 부럽다는 둥 아저씨는 나이가 있으셔도 기력이 대단하시다는 둥 평소와는 달리 마음에도 없는 딴소리를 연신해댔다. 이렇게 아저씨의 물고기 때문에 지금처럼 추운 겨울을 제외하고는 대부분 한 바탕 동네잔치가 벌어진 것처럼 시끌벅적 할 때가 많았다.

아저씨가 잡아온 물고기를 구경하는 것은 나의 큰 재미거리였고 우리 집은 아저씨 네와 가까이 사는 덕분에 항상 세숫대야 한가득 많은 물고기가 우리 집 차지가 될 수 있었다. 이렇게 아저씨가 주신 물고기로 할머니는 매운탕을 끓이고 가끔은 이걸 핑계로 막걸리를 사마시며 호사스런 웃음을 지을 때도 있었다.

그래서 오토바이아저씨가 물고기를 잡으러 가지 않는 겨울이 오면 우리 동네는 따분하리만큼 조용했고 별다른 재미거리는 없었지만 나에게는 겨울에만 누릴 수 있는 특별한 재미거리가 있었다.

우리 동네에는 비행기산이라는 작은 야산이 하나 있었다. 이곳은 우리 집에서도 그리 멀지 않아 할아버지와 아버지도 약수를 받기 위해 물통을 들고 산 중턱에 있는 약수터에 다녀오는 적도 많았다. 나도 그랬지만 우리 동네 아이들은 모두가 비행기산에 비행기가 착륙한다고 생각했었다. 동네 어른들이 부르는 이 산의 이름은 따로 있었지만 산꼭대기가 비행기도 앉을 수 있을 만큼 크고 평평했기 때문에 아마도 비행기가 왔다가는 산일 거라는 상상만으로 우리끼리는 비행기산이라고 부른 것 같기도 하다.

지금 생각해 보면 이 가난한 동네에 무슨 비행기가 온다는 건지 정말 우스꽝스런 소리지만 심지어 어떤 아이는 비행기가 왔다 가는 걸 봤다는 아이까지 있었다. 학교가 끝나면 우리 동네 아이들은 고무대야며 쌀부대, 비닐장판까지 자기 몸을 싣고 눈에 미끄러질 수 있는 것들이라면 뭐든 상관없이 각자 손에 들고 약속이나 한 것처럼 축대 아래 공터에 모여들었다.

다들 비행기산에 눈썰매를 타러가기 위해 모인 거였고 눈썰매를 타러가는 것은 나에게도 겨울에 빼 놓을 수 없는 일이었다. 그래서 난 방과 후 눈썰매를 타러갈 수 있는 겨울만 되면 수업시간이 왠지 더 길게 느껴졌고 학교가 끝나는 시간을 손꼽아 기다렸다. 하지만 일부러 끝나기만을 기다리는 시간은 왜 이리도 더 안 가는지 오늘도 어김없이 학교시계는 멈춘 듯이 가지 않았다. 더욱이 오늘은 수업시간 전에 아이들 앞에서 선생님에게 한차례 된서리를 맞아 심드렁해진 마음에 이날은 유독 시간이 더 가지 않는 것 같았다. 우리 담임선생님은 반 아이들에게 돌아가며 자신의 방석을 빨아오도록 했었는데 내가 빨아온 방석이 조금 덜 말랐다는 게 내가 선생님에게 된서리를 맞은 이유였다. 이렇게 심드렁해져 지루한 것 빼고는 그나마 썰매를 타러간다는 생각에 그럭저럭 기분은 괜찮아지긴 했지만 오늘은 한모에게조차 평소처럼 많은 말을 하고 싶진 않았다.

"섭아 이거 가질래?"

내 기분을 풀어주고 싶었는지 한모는 자기 손바닥만 한 점보 지우개를 불쑥 내밀었다.

"아니…… 괜찮아."

점보 지우개란 것이 조금 욕심은 났지만 우리 반 지우개 싸움 대장이었던 한모 덕에 이미 내 필통의 반은 지우개로 가득했기 때문에 별로 지우개를 받고 싶은 마음은 크게 들지 않았다. 그리고 점보 지우개는 한모도 아까워 한 번도 쓰지 않은 거의 새것이었기 때문에 더 받을 수가 없었다.

"난 필요 없단 말이야. 그리고 또 따면 되지 뭐!"

한모는 다른 때보다도 기분이 좋아보였다. 혹시 내가 모르는 좋은 일이 있나 싶었는데 가만 생각해 보면 내가 빨아온 방석이 덜 마른 지도 모르고 그 위에 앉았다가 당황스러워하던 선생님의 얼굴을 보며 고소해하고 있었던 것 같기도 하다. 어쩌면 이 지우개는 본의 아니게 선생님을 골탕 먹인 나에 대한 고마움의 표시일지도 모른다.

"정말 가져도 돼? 너도 아끼는 거잖아? 진짜 난 괜찮은데……."

나를 위해 진심으로 주고 싶어 하는 한모에게 더 이상 거절하면 안 될 것 같기도 하고 미안한 마음에 말꼬리를 흐렸다. 나의 대답이 끝나기가 무섭게 한모는 턱하니 내 코앞에 지우개를 올려놓았다.

"고마워. 나도 이 지우개 안 쓰고 잘 가지고 있을 거야!"

얌체처럼 한모에게 지우개를 받고 나서야 눈썰매 얘기를 하려고 한 건 아니었는데 한모에게 지우개를 받고 나니 나도 무언가는 해주고 싶다는 생각에 말을 꺼냈다.

"한모야. 오늘 학교 끝나고 눈썰매 타러가자! 이따가 우리 집으로 와 썰매는 나한테 있으니까 그냥 오면 돼."

한모와 같이 가려면 썰매를 타러가는 시간이 많이 늦어질 테지만 오늘은 한모를 기다려주기로 했다. 또 이참에 한모와 함께 신문보급소에 들렀다 가도 됐겠지만 난 먼저 집에 가 한모를 위해 준비해야 할 것이 있었다.

방과 후 부리나케 집에 돌아온 나는 집에 있는 것들 중에 한모의 발에 맞을 만한 적당한 굵기의 피브이시파이프를 하나 골랐다. 아직 이른 시간이라 아버지는 집에 있지 않았지만 다행히 할아버지도 만들 수 있다는 말에 안심이 됐다. 우리 아버지는 수도고치는 일을 했기 때문에 집에는 항상 쓰다 남은 여러 종류에 피브이시파이프가 있었다. 겨울철이 되면 아버지는 이 피브이시파이프를 가지고 내게 눈썰매를 탈수 있게 만들어주었다. 내 발에 맞게 자른 후 반을 갈라 운동화 코를 넣을 수 있게 앞부분을 불로 달궈 휘어주면 모양도 모양이려니와 크기 또한 주머니에 들어갈 만큼 작고 가벼운 것이 다른 아이들의 그것과는 비교도 안될 만큼 내 발에 꼭 맞는 파이프스키가 만들어졌다. 이것을 신고 비행기산 눈 위를 내려올 때면 누구도 쫓아올 수 없을 만큼 여간 시원스레 달리는 것이 아니었다. 그래서 난 다른 건 몰라도 눈썰매 타는 것만큼은 언제나 일등이었다. 어떤 아이는 대나무를 잘라 내 것과 비슷하게 만들어 올 때도 있었지만 이것들은 몇 번 타지 않아도 갈라지고 쪼개져버리기 일쑤였다. 그러나 나의 파이프스키는 하나만 가지고도 그 해 겨울은 거뜬히 날 수가 있었다. 이런 나를 보며 아이들은 많이도 부러워했고 이처럼 사계절 중 유일하게 내가 동네 아이들에게 대장노릇을 할 수 있었던 계절은 비행기산에 썰매를 타러 갈 수 있는 겨울이었다.

그래서 난 지금 한모에게도 이 파이프스키를 만들어 선물을 하려고 하는 것이다. 할아버지가 만들어주는 내내 혹시나 하는 걱정에 옆에 붙어 이런저런 참견을 해서인지 만들어준 파이프스키는 흠잡을 데 없이 내 마음에 쏙 들었고 아버지가 만들어준 파이프스키와도 비슷했다. 다 만들어지고 나니 나는 더 이상 집에서 기다릴 마음의 여유가 없어 밖으로 나가 한모를 기다리기로 했다. 추운 날씨였지만 양손에 든 파이프스키를 보면 추위도 눈 녹듯 사라지는 것 같았다. 내 것과 한모 것을 꼼꼼히 살펴보며 비교해보는 동안 어느새 한모의 모습이 눈에 들어왔다. 나는 한모를 보자마자 달려가 파이프 스키를 신겨 보았다. 다행히 발에도 꼭 맞았고 새 것이라 그런지 내 것보다도 더 좋아 보이기도 했다. 나는 해지기 전 조금이라도 더 타야한다는 생각에 한모에게 재촉하며 서둘러 비행기산으로 향했다. 한모와 내가 산언저리에 다와 갈 때쯤 벌써부터 아이들의 신나는 비명소리와 여기저기 넘어져 데구루루 구르는 모습도 보였다. 우리들의 눈썰매장은 비행기산을 얼마 올라가지 않아도 되는 산중턱아래에 있었다. 적당한 비탈길에 길이도 길어 돈 내고 들어가는 눈썰매장도 부럽지 않을 만큼 대단히 훌륭했다. 그리고 눈이 많이 내려 하얗게 눈덮인 눈썰매장은 새하얀 솜이불을 깔아놓은 것처럼 아무리 넘어져도 아프지 않았다.

내가 도착하자 눈에 띄었는지 동네 깜보로 있던 장곤이가 달려왔다. 장곤이는 우리또래보다 덩치가 많이 큰 편이었고 딱지치기를 워낙 잘해 나와 딱지 깜보를 맺은 아이였다. 항상 자기 어머니가 짜주신 털옷을 입는 것을 자랑처럼 여겼었다. 오늘도 방울이 크게 달린 털모자와 털조끼에 목에 걸린 벙어리장갑까지 어머니가 짜주신 털옷으로 완전무장을 하고 있었다.

"얘는 누구냐?"

장곤이는 마치 우리의 눈썰매장에 이방인의 출입이 달갑지 않다는 듯 볼멘소리였다.

"내 짝꿍!"

늘 나의 파이프스키를 빌려 타던 장곤이에게 굳이 길게 설명할 필요는 없었다.

"그래……."

이런 일로 내 심기를 건드렸다간 자칫 오늘은 내 것을 빌려 탈수 없다는 걸 알기 때문에 장곤이는 별다른 말없이 잠자코 뒤돌아 가버렸다.

"한모야 우리도 타러가자!"

나는 덩치 큰 장곤이 때문이었는지 내 옆을 한 발짝이나 떨어져 있던 한모를 잡아당겼다. 파이프스키를 신고 타는 법은 이미 오는 길에 알려줬기 때문에 이제 한모와 나도 본격적으로 눈썰매를 타기 위해 꼭대기로 올라갔다. 내가 시범을 보이듯 먼저 내려오자 한모도 곧이어 뒤를 따라 내려왔다. 중간에 넘어지긴 했어도 처음 타보는 것치고는 한모도 곧잘 탔다. 나를 따라 몇 번을 오르락내리락 해본 한모도 재미가 붙고 제법 익숙해졌는지 이제 나보다도 더 빨리 올라가 능숙한 솜씨로 미끄러지듯 내려오고 있었다.

한모와 나는 함께 타는 재미에 시간가는 줄도 몰랐다. 얼마 탄 것 같지도 않은데 겨울이라 그런지 금세 날이 어둑어둑해졌고 이미 집으로 돌아간 아이들도 많았다. 나와 한모도 더 어둡기 전에 내려가야 할 것 같아 남은 힘을 다해 몇 번을 더 타고나서야 집으로 가기 위해 부랴부랴 산을 내려오기 시작했다. 내려오는 한모의 표정도 나와 같이 흡족해 보였다. 이렇게 한바탕 눈밭에서 뒹굴고 나면 겨울인데도 무척 덥고 갈증도 나기 때문에 갈증을 달래려 나와 아이들이 동네어귀에 다다를 즈음 목을 축이기 위해 들리는 곳이 있었다. 지금 나와 한모도 덥고 목이 마른 것은 마찬가지였기 때문에 나는 한모를 데리고 그곳으로 갔다. 그 곳은 다름 아닌 놀이터에 있었던 어린이집이었다. 이유는 모르겠지만 어린이집 지붕 끝에는 다른 곳보다도 유난히 크고 투명한 고드름이 대롱대롱 실에 꿴 듯 많이 매달려 있었다. 나는 높다랗게 서있는 디딤돌을 밟고도 까치발까지 세워가며 이중 가장 크고 끝이 뾰족해 먹음직스러워 보이는 것을 하나 골라 한모에게 따주었다. 나도 이내 하나를 따서 손에 들고는 칼싸움을 하듯 한모의 고드름과 겨뤄보았다. 우리는 언 손을 호호 불어가며 무슨 아이스께끼 먹듯 쪽쪽 빨아먹으며 왔고 집에 다 올 때까지도 고드름은 녹지 않았다. 집으로 돌아오는 길에 먹는 고드름 맛은 학교 앞 문방구에서 파는 아이스께끼처럼 언제나 일품이었지만 오늘은 유난스레 더 달고 시원했다.

# 7

"찹쌀~~떡! 메밀묵!"

크리스마스가 다가올 때쯤이면 우리 동네에서도 찹쌀떡과 메밀묵을 파는 아저씨들의 구성진 소리를 더 많이 들을 수가 있었다. 크리스마스는 내가 어린이날만큼이나 간절히 기다리는 날이기도 하다. 이처럼 나를 기다려지게 하는 크리스마스 또한 내가 보내는 겨울의 또 하나의 기쁨이었다. 이때가 되면 나의 사촌형인 기석이 형도 찹쌀떡을 팔러 다니기 시작했다.

우리 둘째 작은 집 큰아들인 기석이 형은 장손인 나보다 서열은 낮았지만 집안의 사내아이들 중에선 가장 맏이였다. 나와 나이 차이도 많이 나서 그런지 형이라기보다 삼촌처럼 여겨질 때가 많았다. 형은 호리호리한 몸매에 짙은 쌍꺼풀, 긴 속눈썹까지 게다가 피부는 뽀얀 것이 웬만한 귀공자 부럽지 않은 잘 생긴 외모의 소유자였다. 아기 때부터 여자아이 뺨칠 정도의 예쁜 외모를 가져 작은어머니가 형을 업고 출타 하면 동네 어른들이 서로 안아보려 안달이 날 정도였다고 한다. 형의 꿈은 탤런트가 되는 거였다. 엑스트라로 마당을 쓰는 하인으로 나왔었다고 했지만 얼굴은 나오지가 않아 그냥 형의 말을 믿기로 했다. 하지만 형이 찹쌀떡을 팔러 다닌 이후에는 더 이상 텔레비전에서 형을 볼 수가 없었다. 둘째 작은집의 형편으로는 돈 많고 빽이 있어도 될까 말까 한다는 탤런트를 시키기 위해 뒷바라지를 한다는 것은 가히 상상조차 할 수 없는 일이었다. 집안 어른들의 생각도 다를 바 없었다.

"바람만 잔뜩 들어가지고 돈 벌 생각은 안하고 사내가 얼굴 팔아 먹고 살아 뭐에 써!" 하며 영 탐탁지 않아 했다. 이런 말은 내가 고등학교 시절 노래를 하겠다고 했을 때도 내 귀에 딱지가 앉을 만큼 많이 듣던 말이기도 하다. 정말 기석이 형의 꿈은 하늘의 별을 따는 것보다 더 어려운 것이었을까. 물론 우리 집을 비롯해 다른 작은집들의 형편도 매 한가지라 다른 집 사촌들도 자신의 꿈은커녕 대학의 문턱도 못가보고 돈을 벌어야했던 것은 마찬가지였다. 이렇게 집안 형편을 이유로 형은 그나마 꿈을 위해 작은아버지와 악착같이 싸워가며 입학했던 예고마저 1학년을 다 채우지도 못해 자퇴를 해야 했다. 그리고 형의 신분이 학생에서 공부를 하지 않아도 되는 어른으로 바뀌는 시간은 그리 오래 걸리지 않았다. 여름에는 아이스께끼 통을 메고 돌아다니던 형을 본 것은 어렴풋이 기억이 나지만 찹쌀떡을 팔았던 형의 모습은 나도 몇 번 공장까지 따라가 본 적이 있어 선명하다. 동네에서 버스로 두어 정거장을 가면 있었던 찹쌀떡공장은 찹쌀떡을 사기 위해 많은 사람이 기다린다는 것 빼고는 우리 동네 방앗간과 별반 차이가 없어보였다. 운이 좋은 날은 기다리지 않아도 바둑판의 흰색바둑알처럼 똥글똥글한 찹쌀떡이 옹기종기 붙어있는 나무판을 바로 받을 때도 있었다.

다음으로 형이 하는 것은 찹쌀떡에 하얀 가루를 묻혀 가지런히 열을 맞춰 속이보이고 뚜껑이 붙어 있는 네모난 곽에 옮겨 담는 거였다. 그리곤 여기에 노란고무줄을 묶는 것이 형이 메고 온 나무상자에 들어갈 수 있는 마지막 일이었다. 나무상자에 찹쌀떡이 가득 채워지면 형에게 억지를 부려 나의 어깨에 메어질 때도 있었다. 힘에 부쳐 반 이상은 형의 힘을 빌리긴 했지만 왜 그리 이것을 메어보고 싶었던지 도움은 되지 않지만 이럴 때면 형은 나의 머리를 쓰다듬어 주곤 했다.

내가 나무상자를 어깨에 멜 수 있는 건 동네로 돌아가기 위해 버스 정류장에 갈 때까지만 이었다. 정류장에 도착하고 나면 형은 내 어깨에 있던 나무상자를 뺏어 다시 자신의 어깨에 짊어 메고는 대신 나의 손에 과자 한 봉지를 들려주었다.

형과 내가 찹쌀떡을 팔기 위해 밤거리를 누비는 동안 나무상자 위에는 소복이 눈이 쌓여갔다. 한참을 헤매다 보면 우리들이 측은했는지 남은 잔돈을 형에 손에 다시 쥐어주는 사람들도 있었지만 간혹가다 벼룩의 간을 빼먹는 사람도 생기기 마련이라 오히려 가격을 깎아달라는 사람도 있었다. 시간이 흐를수록 한겨울 밤거리는 너무도 추워졌다. 누가 시킨 것도 아닌데 괜히 따라오고는 형에게 춥다 칭

얼대면 형은 잠바를 벗어 나를 감싸주었고 형의 목도리까지 내 차지가 되어버렸다. 형의 온기를 느끼며 등 뒤를 쫄래쫄래 걷다보면 그럭저럭 장사가 잘 되었던지 나무상자에 바닥이 보일 때가 온다. 이때가 돼서야 장사는 끝이 나고 형은 나를 위해 마지막 하나는 팔지 않고 꼭 남겨놓았다.

 장사가 끝이 났어도 형의 할 일은 아직 남아 있었다. 나를 무사히 집 앞까지 데려다 주는 일이었다. 우리 집까지는 꽤나 먼 거리를 다시 가야 하는데 집 앞에 올 때까지도 형의 잠바와 목도리는 여전히 나의 몸을 감싸고 있었다.

 "우리 섭이 많이 추웠지?"

 가뜩이나 목도리와 잠바까지 없이 추위를 버티느라 형은 더 추웠을 텐데 되레 형의 옷 까지 입어 토실토실 꼬마 눈사람이 된 나의 볼을 비벼주며 말을 했다. 그리고 이내 아껴두었던 찹쌀떡을 건네주고 나서야 뒤돌아섰다. 나는 형을 보며 가로등도 없어 캄캄한 골목을 걸어가는 형이 무섭지나 않을까 하는 걱정에 누군가 옆에 같이 가주면 좋겠다는 생각이 들었다. 하지만 지금 형에게는 골목길의 무서움보다 크리스마스가 다가오는 겨울밤에 느껴지는 쓸쓸함이 더 컸은지도 모른다.

# 8

"우리 아빠가 신발 사준댔다!"

"난 우리엄마가 축구공 사준 댔는데!"

"섭아 너희 아빠는 뭐 사주신다고 했어?"

겨울 방학과 크리스마스를 코앞에 둔 교실 안은 벌써부터 온통 자기들이 받을 크리스마스선물 이야기로 꽃을 피웠다. 나도 받고 싶은 게 있긴 했다. 내 뒷줄에 앉아 있는 승원이의 책가방이 부러워서 예전에도 어머니에게 투정만 부리다 만 책가방을 받고 싶었다.

아이들의 주제는 산타할아버지가 오느냐 안 오느냐의 문제는 아니었다. 누가 무슨 선물을 받느냐가 중요했고 지금 우리 반 아이들에의 부모님은 모두가 산타할아버지가 되어 있었다.

어쩌면 착한 일을 많이 한 자기들에게 산타할아버지가 부모님에게 주고 간 선물일 것이라고 믿고 있을지도 모를 일이다. 백발이 성성한 노인이 된다 해도 루돌프를 타고 하늘을 날아서오는 산타할아버지의 존재를 믿는 이도 있겠지만 어느새 서른일곱의 나는 애석하게도 산타할아버지는 그저 어린 시절의 나를 엄마말씀 잘 듣는 착한 아이로 만들기 위해 만들어진 이야기라는 걸 알아버렸다.

"으음……. 난 책가방! 책가방 받고 싶어."

나는 이번 크리스마스에 나에게 뭘 사주겠노라 하는 아버지의 말이 아직 없었기 때문에 아버지가 무엇을 사주냐는 물음에 그냥 받고 싶은 것을 얘기해 버렸다. 그런데 바로 내 옆에 있던 한모에게 물어 보는 아이는 한명도 없었다. 방금 내게 묻던 재현이도 그랬고 다른 아이들조차도 한모 곁은 휙 하고 지나쳐 버리기 일쑤였다. 한모의 부모님이 안 계신걸 알아서일 테지만 한모를 외톨이로 만드는 것 같아 너무들 한다는 생각이 들었다.

"한모야, 크리스마스 때 뭐 할 거야?"

나는 한모를 생각해 크리스마스 선물보다는 다른 쪽으로 넌지시 말을 걸었다.

"나도 몰라."

한모는 나와 눈도 마주치지 않고 다른 곳을 향해 말했다. 목소리도 밝지 않은 걸 보면 내 짐작이 맞았는지 풀이 많이 죽어 보였다.

"나도 집에 있을 거야. 심심하면 놀러와!"

한모의 이런 태도에도 나는 태연한 척 말을 했다. 한모가 보낼 크리스마스가 궁금했다기보다는 어차피 한모의 마음에 위안이 될까 해서 했던 말이었기 때문에 한모의 성의 없어 보이는 말투가 전혀 거슬리진 않았다. 쉬는 시간마다 크리스마스에 대해 아이들이 정신 없이 떠드는 통에 오늘은 시간이 빨리 가는 것 같았다.

 방과 후 집에 돌아가는 길은 나 혼자였다. 늘 같은 방향인 아이들과 학교 앞 문방구를 기웃대다 함께 가곤 했었는데 집에 가는 내내 또 크리스마스 선물에 대해 이러쿵저러쿵 하는 아이들의 얘길 듣고 싶지 않아서였다. 나는 그동안 크리스마스 선물에 대해 별로 신경을 쓰지 않았었다. 그런데 아이들이 자랑하던 갖가지 크리스마스선물 들이 집에 오는 내 머릿속에서 계속 맴돌았다. 그래서 오늘은 바로 집으로 가지 않고 어머니가 있는 시장으로 가기로 했다. 웬만한 큰일이 아니면 시장에 가봐야 어머니와 얘기도 잘 못할 뿐더러 노점상 인 탓에 어머니 옆에 앉을 자리도 마땅치 않아 잘 가지 않지만 오늘 은 나도 모를 기대감에 어머니가 보고 싶어졌다.

 "너 웬일로 여기로 왔어, 집으로 안가고?"
 "조금 있다 금방 집에 갈 거야."
 "엄마 바쁘니까 말 시키지 말고 빨리 집에 가서 밥 먹어."
 어머니는 하나라도 더 팔기 위해 나보다는 손님들에게 온통 신경이 곤두서 있었다. 꼭 무슨 얘기를 하겠다고 마음먹고 온건 아니었지만 빨리 집에 가라는 어머니의 말은 서운하게 들렸다. 나는 어머니의 말이 끝나고도 몇 번을 더 집에 간다는 대답만 해놓고선 여전히 멀뚱멀뚱 어머니 곁을 지키고 서있었다. 이런 내가 영 못마땅한지 급기야 어머니가 눈길조차 주지 않을 때가 되서야 나는 아무런 성과 없이 집으로 발길을 돌렸다.

 "학교 다녀왔습니다."

나는 다 죽어 가는 목소리로 할머니에게 인사하고 문지방에 털썩 주저앉았다. 이런 내가 눈에 밟혔는지 젖은 손을 행주로 닦으며 할머니가 다가왔다.

"우리 섭이가 뭐가 갖고 싶은 게 있나보구나? 입이 남산만 하게 나온 걸 보니."

어떻게 알았는지 할머니는 나의 맘을 다 읽은 것 같았다. 아닌 게 아니라 매번 우리 할머니는 정말 내 속을 훤히 다 들여다보는 것 같을 때가 많았다.

"할머니? 얼마 안 있으면 크리스마스잖아. 근데 왜 우리 아빠는 아무얘기 안 하지……. 우리 반 애들은 다들 아빠가 크리스마스 선물 사준대."

할머니의 관심에 내 속에 있던 말들이 하나둘씩 풀어져갔다.

"그러게 말이야. 왜 아무 말도 안 해서 우리 섭일 이렇게 속상하게 만든다니……. 이 할미가 아빠 오면 혼내줘야겠다!"

할머니는 손자의 처지가 딱했던지 아버지보다 내 편을 들어주었다. 그리고는 이내 내 어깨에 멘 가방을 풀어주더니 나를 앞세워 담뱃가게 할머니네로 향했다.

우리 집 아래에는 작은 구멍가게가 하나 있었는데 여기에는 나의 군것질거리도 있었지만 담배도 팔아 주인할머니를 다들 담뱃가게 할머니라고 불렀다. 담뱃가게 할머니는 동네사람들에게 때론 심술 많은 얼굴을 보일 때도 있었지만 나에게는 항상 너그러운 존재였다.

"아이고, 복뎅이 왔네!"

할머니와 내가 가게에 들어서자마자 담뱃가게 할머니는 나를 반기며 곰방대에 담뱃잎을 채워 꾹꾹 누르고 있었다. 복뎅이는 딸 다섯을 나은 끝에 아들로 태어난 내가 복덩어리라며 담뱃가게 할머니가 나를 부르던 애칭이었다.

할머니는 나를 반기는 담뱃가게 할머니는 못 본 채 하고 오자마자 연신 무엇을 고르고 있었다. 허리까지 굽혀가며 가게에 늘어져 있던 것들을 고르던 할머니는 하얀 바탕에 주황색이 군데군데 들어가 있는 주먹만 한 사탕 두 개를 골라 내 바지주머니에 찔러주며 말을 했다.

"옛다! 할미가 주는 크리스마스 선물이여."

왕사탕은 입안 한가득 들어가는 것이 한번 물면 말은 잘 할 수 없어도 같은 값이면 오래오래 먹을 수 있어 내가 좋아하던 군것질 거리 중의 하나였다. 이번에도 역시 나의 마음을 알아차린 것처럼 고르고 골라, 내게 준 할머니의 크리스마스선물은 내가 바라던 그대로였다. 아마 할머니가 나더러 직접 고르라고 했어도 이것을 골랐을 것이다. 할머니와 집으로 돌아오는 내주머니 속에는 담뱃가게 할머니가 준 말랑말랑한 젤리까지 왕사탕을 물어 한껏 부풀어 오른 내 볼처럼 크리스마스 선물로 가득 차 있었다.

12월 24일. 드디어 하룻밤만 자고나면 크리스마스가 찾아온다. 누나들이 내일은 화이트크리스마스가 될 거라고 했다. 크리스마스 때 눈이 내리면 화이트크리스마스라고 한다는 걸 누나들 때문에 알게 됐다. 오늘은 크리스마스이브 날이지만 카드를 쓴다, 양초를 만든다, 부산을 떠는 누나들과 달리 나는 크리스마스 선물에 대한 애기를 듣기 위해 아버지가 돌아오기만을 기다리는 것 외에는 딱히 할 일이 없었다. 내가 줄곧 언제 올지 모르는 아버지를 기다리는 것에 정신이 팔려 있지 않았다면 벌써부터 누나들 옆에 앉아 누나들 하는 것에 훼방을 놓거나 끼어들기 바빴을 것이다. 아버지를 기다리는 시간은 내가 눈썰매를 타러가기 위해 마지막 수업이 끝나는 종소리를 기다리는 것보다 훨씬 더 지루하고 길게 느껴졌다. 누나들의 산타가 그려져 있는 크리스마스카드가 완성되고 양초부스러기를 녹여 만든 초록빛의 양초가 다 만들어질 때까지도 아버지는 올 생각을 안 했다.

조금 후 자기들이 만든 것들을 들고 집 밖으로 쏜살같이 나가버리는 누나들을 보니 누나들은 애초부터 나처럼 아버지를 기다리고 있지는 않았나보다. 대대로 불교를 믿던 집안내력 때문에 어머니에게 혼이 나면서까지도 누나들은 몰래 교회를 다녔었고 아마 지금도 교회에 가는 것 같아 보였다. 나도 집 밖으로만 나간다면야 딱지치기며 구슬치기 같은 놀 거리들이 쌓여있고 또 이것들을 하자고 집에 찾아온 친구들의 유혹도 있었지만 언제 불현듯 올지 모를 아버지를 기다리기 위해 나는 꿋꿋이 지금까지도 집을 지키고 있었다.

할아버지의 저녁 밥상이 차려질 때까지도 아버지와 누나들 모두 집에 돌아오지 않았다.

할머니가 차려 놓은 밥상 위에는 나란히 줄을 서듯 쪼르르 반찬들이 줄지어 있었다. 지금처럼 밥상에 반찬들이 일렬로 놓인 것을 볼 때면 할머니는 집에 반가운 손님이 찾아 올 징조라고 말하곤 했었다. 그래서 난 지금 할머니의 이런 말에 기대를 걸어보기로 했다. 오늘밤을 넘기지만 않는다면 꼭 아버지가 아니더라도 누구든 반가운 손님이 찾아와 내게 줄 크리스마스 선물에 대한 얘기를 해주었으면 하는 바람에서였다. 저녁밥을 먹는 둥 마는 둥 하고 먼저 일어났다. 안방으로 돌아가 심심함을 달래보려 장롱에서 제일 두툼한 이불을 꺼내 깔아놓고 그 위를 뒹굴뒹굴 대며 헤엄을 쳤다. 이불을 벗 삼아 시간을 보내기 위해 했던 것이지만 몇 번을 뒹굴고 나니 이것도 금세 재미가 떨어졌다. 이불 위에 대자로 누워 천장을 쳐다보니 아버지가 이렇게나 안 올 줄 알았으면 진작 나가서 놀고 왔을 걸 하는 후회도 들었다. 얼마동안 누워있었을까. 이대로 잠들면 안 된다는 생각은 들었지만 천장에 붙어 있는 형광등 불빛이 자꾸만 희미해졌다. 눈이 스르르 감겨왔다. 이러면 안 되는 줄 알면서도 나는 그만 나도 모르게 잠이 들어버렸다.

다음 날 부스스 잠에서 깨어났다. 성에가 낀 창문에는 얼음 꽃이 펴 누나들 말대로 눈이 내리는 화이트크리스마스인지는 알아볼 수가 없었다. 어젯밤 아버지의 얼굴도 못 보고 잠이 들어버린 것이 마음에 걸려 나는 놀란 마음에 허둥지둥 머리맡을 둘러보았다.

그곳에는 울퉁불퉁 두툼하고 못 생긴 검정양말이 하나 놓여있었다. 빨간 양말이 아니었기 때문에 나에게 주는 크리스마스 선물인지는 아직 모르겠지만 내 머리맡에 있는 걸 보면 아마 맞을 거란 짐작이 들었다.

"일어났어!"

셋째 누나는 내가 일어나길 기다리고 있었다는 듯 말을 붙였다.

"응. 근데 이건 뭐야?"

검정양말을 가리키며 누나에게 물었다.

"산타할아버지 선물!"

"선물! 진짜 내 선물이야?"

누나는 산타할아버지라고 말했지만 나는 단번에 아버지가 놓아둔 선물이란 걸 알 수 있었다. 아버지는 오늘도 일을 하러 나갔는지 집에 있지 않았지만 어젯밤 아버지는 나의 기대를 저버리지 않기 위해 산타할아버지가 되어 다녀간 게 틀림없었다.

나는 이내 검정양말을 들여다보았다. 그 안에는 봉투에 담긴 셈베과자가 숨어 있었다. 셈베과자 중에서도 손가락보다 작은 크기지만 가격은 비싸 쉽게 먹을 수 없었던 것들로만 담겨져 있었다. 내가 바라던 책가방이 담긴 빨간 양말은 아니었지만 아버지는 흉내라도 내고 싶었던 건지 당신이 신는 검정양말에 크리스마스 선물로 내가 먹고 싶어 했던 셈베과자를 꼬깃꼬깃 넣어둔 것이었다.

비록 허름하고 낡은 양말에 담겨진 것일지라도 정성스레 양말을 골라 넣어둔 아버지의 선물은 더없이 값지고 귀한 것이었고 아버지가 내게 준 세상에 하나뿐인 크리스마스 선물이었다.

"하늘에서 내리는 눈이야말로 하나님께서 주신 공평한 선물입니다. 그래서 눈은 부잣집 지붕 위에나 가난한 집 지붕 위에나 고급 외제승용차 위에나 고물이 되어가는 자동차 위에나 똑같이 공평하게 내리는 것입니다."

어느 해 겨울 낯선 교회에서 들었던 목사님의 말처럼 크리스마스를 맞은 우리 집 지붕 위에도 하얀 눈이 소복이 쌓여갔다.

# 9

 새 학기를 맞아 학교에 가기 전날 밤 나는 제발 예쁜 여자 아이가 나의 짝꿍이 되어 주길 기도했다. 예쁜 짝꿍이 생긴다면 정말정말 잘해 주리라 생각하며 잠이 들었고 어머니가 깨우지 않아도 다음날 아침은 새 짝을 만난다는 설렘에 아침 일찍 눈이 떠졌다. 평소에 내가 제일 마음에 들어 하는 옷을 챙겨 입고는 들뜬 마음으로 예쁜 나의 짝꿍을 상상하며 학교로 향했다. 학교에 도착한 나는 먼저 교실 창문사이로 빠끔히 교실 안을 들여다보았다.
 평소 같으면 선생님이 오기 전에는 시끌벅적 야단일 교실 안이 아직은 서로가 어색한 탓 인지 같은 반이었던 친구들과 이야기를 하는 아이들도 있었지만 너무나도 엄숙했다.
 이런 분위기를 깨지 않기 위해 나도 살금살금 교실 문을 열고 들어

갔고 낯선 아이들을 의식하며 조용히 자리에 앉았다. 그리고 새 짝
꿍을 맞이함에 있어 나의 경쟁자가 될지도 모른 다는 생각에 우선
남자 아이들을 둘러보며 내 나름대로 평가하기 시작했다.

다들 새 학기라 그런지 머리스타일이며 입은 옷매무새도 나처럼
신경을 많이 쓴 것처럼 보였다. 그 중 내가 보기에도 잘생기고 무척
이나 세련미가 있는 한 남자 아이가 내 눈에 들어왔고 이 아이 이름
이 손민혁이라는 것도 알게 되었다. 이 아이는 나중에 우리 반 반장
이 되었는데 얼굴도 잘 생기고 공부도 잘해 선생님들뿐 아니라 여자
아이들에게도 인기가 많았다. 민혁이란 아이가 내 눈에는 조금 거
슬렸지만 나는 이내 내가 상상하던 나의 짝꿍을 찾기 위해 다시 한
번 교실 안을 둘러보았다.

여자 아이들 또한 새침하게 앉아있는 듯했지만 남자 아이들에게
잘 보이기 위해 신경을 많이 쓴 듯 보였다. 이 중 몇 몇 여자아이가
나의 눈에 들어왔다. 민혁이란 아이처럼 세련미가 있고 예쁘게 생긴
여자아이들이었다. 하지만 내가 가장 싫어하는 스타일의 여자아이
들도 눈에 띄었다.

나는 여자 아이들이 생김새며 옷차림을 두고 내 짝꿍이 되었으면
하는 여자아이들을 하나둘 씩 후보들로 정해 놓고 벌써부터 나의 맘
속에 순위를 매기고 있었다.

어느새 아이들이 교실에 모두 들어차고 출석부와 대나무로 만든
회초리를 옆에 낀 새로운 담임선생님이 교실 문을 열고 들어왔다.
안경을 쓰고 키가 컸지만 얼굴에 여드름이 나 있고 그다지 예쁘지
않은 처녀 선생님이었다. 하지만 선생님이 출석부를 보며 내 이름과

아이들의 이름을 부르기 시작할 때는 목소리에 자상함이 묻어났다. 그래도 나에게 다행인 건 새로운 담임선생님이 수염이 덥수룩한 무섭고 덩치 큰 남자 선생님이 아니라는 것이었다. 비록 여드름이 잔뜩 나 있는 얼굴에 두툼한 검은 뿔테 안경을 쓴 선생님이지만 어머니와 같은 자상한 목소리를 가진 여자 선생님인 것이 너무 좋았다.

칠판에 이은숙이란 이름을 쓴 선생님은 간단히 자기소개를 하고는 잠시 뭔가를 뒤척이더니 방금 전 내 눈을 거슬리게 했던 민혁이란 아이의 이름을 다시 한 번 불렀다. 민혁이는 마치 이 순간을 기다렸다는 듯 자리에서 벌떡 일어나 자신감 있는 목소리로 대답하며 선생님의 다음 말을 기다리고 있었다.

"민혁이가 오늘부터 임시반장을 맡아주겠니? 정식으로 반장이 생길 때까지 우리 반 반장은 민혁이니까 모두들 임시반장 말을 잘 따라주어야 한다."

"네! 선생님. 학우들이 서로 잘 지낼 수 있도록 열심히 노력하겠습니다."

민혁이는 꽤 의젓한 말투로 또박또박 다짐하듯 말을 하고 자리에 앉았다.

공부도 그리 잘 하지 못했고 나름대로 멋을 낸다고 낸 것이지만 이 아이만큼 세련미도 없어 보이는 나는 임시반장이라는 자리는 생각지도 않았다. 하지만 방금 전 나의 눈을 거슬리게 했던 이 아이가 임시반장이 된다는 것이 썩 내키지는 않았다. 그렇다고 우쭐대며 폼을 잡고 앉아 있는 이 아이가 왠지 모르게 그리 미워보이지도 않았다.

순간 웅성거리는 아이들의 눈을 한데 모은 건 탁자 위를 내리치는 선생님의 대나무 회초리 소리였다.

"자 이제 임시 반장도 정했고 한 학기를 함께 할 짝꿍을 정해볼까!"

선생님은 탁자를 치던 대나무 회초리를 다시금 가지런히 탁자 위에 놓더니 우리를 향해 말했다.

'선생님 짝꿍을 정해 주실 때 키순이 아니라 다른 방법으로 정해 주시면 안 될까요……'

소리 내어 말하지도 못할 거면서 나의 입속에서 자꾸만 이 말이 맴돌았다. 왜냐하면 선생님마다 차이는 있었지만 짝꿍을 정하는 방법은 대부분 키순으로 정해졌기 때문에 나처럼 키가 작은 여자아이들 중에서는 내 마음에 드는 아이가 없었던 터라 나는 내심 이번 담임 선생은 다른 방법으로 짝꿍을 정해 주길 바라고 있었기 때문이었다.

드디어 고대하던 짝을 정하는 순간 여지없이 나의 기대는 무너지고 말았다. 선생님은 내가 걱정했던 것처럼 키순으로 우리 반 아이들의 짝꿍을 정해 주기 위해 차례차례 한명씩 앞으로 불러 줄을 세웠다. 그리고 키가 작은 나는 오래 기다릴 것도 없이 조금 후 바로 짝꿍이 정해졌고 나의 새로운 짝꿍과 함께 선생님이 정해주는 자리에 돌아가 앉았다. 나의 새로운 짝꿍은 이름이 양미선이었고 이렇게 내가 기대하던 나의 새로운 짝꿍이 생겼다. 하지만 미선이란 이름을 가진 나의 짝꿍은 내가 바라던 긴 생머리에 리본 달린 머리핀을 하고 머리에선 좋은 향기가 나는 아이가 아니었다. 더욱이 레이스가 달린 예쁜 원피스를 입은 새하얀 피부의 예쁜 여자짝꿍은 더더욱 아니었다. 대신에 머리는 길었지만 머리에서는 왠지 모를 비릿한 냄새가 났으며 그 긴 생머리에 핀 하나도 꽂혀 있지 않았다. 입은 옷 또

한 레이스가 달린 원피스가 아니라 아무리 때가 타도 별로 티가 나지 않을 것만 같은 오래 입은 듯해 보이는 검은 바지에 여기저기 얼룩이 묻은 티셔츠였다. 그리고 무엇보다도 나의 얼굴을 찡그리게 했던 것은 촌티 나는 거무칙칙한 얼굴에 몸집은 나보다도 훨씬 더 큰 뚱뚱한 여자아이라는 것이다. 이런 아이를 짝으로 맞이한 나는 수업 시간 내내 시큰둥한 얼굴로 이 아이와는 한마디 말도 없이 학교에서의 시간을 보냈다.

방과 후 집에 돌아온 후에도 나의 기분은 전혀 나아지지가 않았다. 내 짝 미선이의 얼굴만 떠올리면 자꾸만 짜증이 났고 기분이 좋아지지 않아서 가방만 내려놓은 채 곧장 집 밖으로 나가 버렸다. 저녁이 다 되서야 집으로 돌아온 나에게 기다렸다는 듯 누나들의 질문이 쏟아졌다. 내가 예쁜 짝꿍이 생기길 바랐던 걸 아는 누나들은 나의 시무룩한 얼굴 표정을 요리 조리 살피며 내 눈치를 봤다. 역시나 가장 말수가 많고 나를 놀리기 좋아했던 막내누나가 먼저 말문을 열었다.
"너 학교에서 무슨 일 있었니? 혹시 제일 못생긴 여자아이가 네 짝꿍이 된 거야? 맞네. 맞아! 그치?"
안 그래도 미선이란 아이가 나의 짝이 된 것이 너무나 실망스럽고 속이 상했었는데 나의 마음도 모르고 깐죽대며 놀려대는 막내누나 때문에 금방이라도 서러운 눈물이 쏟아질 것만 같았다.
"울면 바보! 울면 바보! 우는 애는 망태할아버지가 잡아간 데요!"
이런 나의 표정이 우스워보였는지 이내 다른 누나들까지 합세해 놀려 대기 시작했다.

"다 큰 것까지 동생한테 뭐하는 짓이야!"

나를 놀리는 누나들의 심술이 밉살맞아 보였는지 어머니는 셋째 누나의 등짝을 때리며 한소리 하곤 나를 도닥여 주었다. 어머니의 호통으로 잠시 누나들이 잠잠해진 후에는 바로 어머니의 물음이 이어졌다.

"그래 선생님은 어떠시든? 좋으신 것 같아? 여자 선생님이시다니? 결혼은 하셨고? 무섭진 않으셔?"

누나들과는 달리 나의 새로운 짝꿍보다는 담임선생님에 대해 물으며 뭐가 그리 궁금한지 내속도 모르고 내겐 별로 관심 없는 이야기들을 연신 물어보았다. 나는 이런 어머님의 물음에 대답하는 둥 마는 둥 하며 방 한 쪽 구석에 누워 잠이 들었다.

다음날 잠에서 깨어나도 제일 먼저 떠오르는 건 어제 나의 짝이 되었던 뚱뚱하고 못 생긴 미선이의 얼굴이었다. 오늘도 그 아이와 함께 온종일 수업을 해야 한다는 생각만 하면 학교에 가는 것조차 그리 내키지가 않았다. 그래서 원래는 한달음에 달려갈 거리의 멀지 않은 우리 학교를 가는 내내 기웃 기웃 여기저기 참견을 하며 최대한 느린 걸음으로 학교로 향했다. 학교에 도착한 후 교실 앞 복도에 미선이의 실내화 주머니가 매달려 있는 것을 보니 미선이는 이미 나보다 먼저 와있는 것 같았다. 나는 교실 문을 열기 전에 나의 기분이 별로 라는 것을 미선이에게 보여주고 싶었다. 그래서 어떤 표정을 지으며 들어갈까를 잠시 궁리한 끝에 미선이에게 보란 듯이 최대한 무뚝뚝한 표정을 지으며 교실 안으로 들어갔다.

교실 안은 어제의 조용한 분위기와는 사뭇 다른 분위기였다. 벌써부터 친해진 아이들의 떠드는 소리가 요란했고 삼삼오오 짝을 지어 공기놀이를 하는 여자아이들도 있었다. 몇 걸음 안가 나의 책상 앞에 도착한 나는 미선이가 보이지도 않는 투명인간인 것 마냥 인사 한마디 하지 않고 그대로 자리에 앉아버렸다. 학교에 도착하면 책이며 학용품을 책상 속에 가지런히 넣는 것을 좋아하는 나였지만 이날은 평소와는 달리 책상 위에 책가방을 그대로 얹어 놓은 채 혹시라도 미선이와 눈이라도 마주칠세라 한참동안을 다른 곳만 바라보았다. 역시나 미선이는 나의 이런 무뚝뚝한 표정과 행동에 많이 신경이 쓰였는지 읊조리듯 작은 목소리로 나에게 먼저 말을 걸었다.

"안녕······. 섭아, 근데 혹시 내가 너한테 뭘 잘못했니? 왜 그러고 있어? 책 안 꺼낼 거야?"

미선이는 나의 답을 기다리며 나를 바라보고 있었다. 하지만 나는 자존심을 부리며 미선이의 물음에도 고개조차 돌리지 않았다. 그러자 나의 이런 반응이 멋쩍었는지 다음 말을 꺼내지 못하고 망설이고 있는 것 같았다. 사실 나도 내심 이렇게 계속 자존심을 부렸다가는 선생님이 올 때까지도 가방을 풀지도 못하면 어쩌나 하는 걱정도 있었다. 또 말조차도 못들은 체 하기에는 뒷자리에 앉아있던 내가 마음에 두고 있는 여자 아이의 눈치도 보인 탓에 고개도 돌리지 않은 채 말을 했다.

"어, 그래 안녕."

나는 찬바람이 불정도로 새치름한 말투로 인사를 했고 이 틈을 이용해 책가방에 책들을 하나둘씩 꺼내기 시작했다. 내가 책 정리를 거의 다 할 때까지도 미선이는 아무런 말도 하지 않고 있었다. 차라리 나의 인사에 또 다른 대답이라도 해 줬으면 좋았으련만 아무 말도 하지 않고 있는 미선이 때문에 괜스레 더 약이 오르고 자존심이 상했다. 책 정리를 다한 후에 교실 이곳저곳을 둘러보니 나의 짝꿍으로 점 찍어놓았던 여자 아이들과 짝꿍이 된 남자아이들이 눈에 들어왔다. 나는 그 아이들에게 부러움도 느꼈지만 질투심에서인지는 몰라도 그 남자 아이들하고는 친해지지 말아야지 하는 생각도 들었다. 이런 저런 생각을 하며 교실을 둘러본 후 힐끔힐끔 곁눈질로 미선이가 있는 옆을 바라보았다. 아니나 다를까 조금 전 내가 봤던 다른 여자 아이들과는 한 눈에 보기에도 비교가 되는 못생기고 뚱뚱한 외모를 가진 나의 짝꿍이 새삼스레 더 싫고 실망스러웠다. 그리고 지금까지도 아무 말하지 않고 있는 미선이가 어찌나 그렇게도 얄미워 보이던지 어떻게든 이 아이에게도 약을 바짝 올려주고 싶었다.

나는 싫은 듯한 기색이 역력한 표정과 퉁명스런 말투로 이번에는 내가 먼저 말을 걸었다.

"야 넌 이제부터 성은 뚱이고 이름은 순이야, 알았니. 뚱순아!"

나는 이렇게 미선이를 뚱순이라고 부르기로 했다. 그리고는 이내 내가 바라던 이상형의 짝꿍이 아님을 이 아이에게 보이고 싶은 마음과 내 마음을 몰라준 선생님에 대한 원망을 대신 화풀이라도 하듯 심술을 부리고 싶었고 이런 나의 표독스러움이 발동하기 시작했다.

나는 나의 표독스러움을 보이기 위한 행동으로 제일 먼저 우리 책상에 거의 삼분의 이가 넘는 공간을 내 땅인 양 빨간 색연필로 선을 그었고 더 확실히 하기 위해 가지고 있던 칼로 선을 따라 긋기 시작했다.

　이렇게 그어진 미선이와 나와의 삼팔선은 책상뿐이 아니었다. 나란히 앉아 있는 우리 자리의 교실바닥에도 빨간 선을 그어놓고는 미선이가 앉아있는 걸상까지도 넘어오면 안 된다며 미선이에게 으름장을 놓아댔다. 나보다도 몸집이 훨씬 더 큰 미선이는 내가 으름장을 놓기가 무섭게 내가 정해 놓은 선을 넘어오지 않으려고 걸상을 옆으로 옮겼다. 나의 이런 못된 행동에 웬만한 여자 아이라면 이렇다 한마디 불만 섞인 말대꾸라도 할 법한데 더군다나 사내아이라곤 하지만 아직은 어리고 몸집도 자기보다 훨씬 더 작은 나에게 미선이는 한 마디 말도 없었고 그저 내가 시키는 대로 걸상까지 옮겨가며 내가 정해 놓은 선을 넘어오지 않으려고 애를 쓰고 있었다. 결국 미선이의 걸상은 거의 책상 한쪽 끝에 붙어 있다시피 했고 미선이의 몸도 반 이상은 책상 밖으로 나가 있었다.
　나의 기대 이상으로 순순히 나의 말을 따라주는 미선이의 행동 때문인지는 몰라도 나는 마치 전쟁에서 이긴 장군이라도 된 양 한껏 기가 올라 있었다.
　"절대 넘어오면 안 돼! 네가 넘어오면 그때부턴 모든 게 네 책임이야. 어떤 일이 생겨도 날 원망하기 없기다."
　나는 이때를 놓칠 세라 또 한 번 미선이에게 표독스런 말투로 쏘아대듯 선전포고를 했고 나와 미선이와의 두 번째 만남은 나의 일방적인 승리로 끝이 났다. 미선이와 나와의 규칙이 정해지는 동안 교실 안으로 선생님이 들어왔다. 난 이런 나의 잘못을 혹시나 미선이가 선생님에게 이르지 못하도록 재빨리 책상 밑으로 주먹을 쥐어 보이며 미선이에게 선수를 쳤다. 얼마 후 수업시간이 시작되고 다른 아이들도 나처럼 자기 짝이 마음에 안 드는지 멀찌감치 떨어져 앉아 있는 아이들도 있었다. 미선이를 향한 나의 심술은 수업시간이라고 예외는 아니었다. 선생님의 눈치를 살피며 오히려 더 다그치듯 미선일 몰아붙였고 이런 나의 행동에는 별다른 말이 필요 없었다.

"뚱순아 여기 공책 넘어왔어! 이건 이제부터 내 꺼다. 네가 먼저 규칙을 어긴 거니까 빌어도 소용없어."

미선이의 물건이 조금이라도 선을 넘어오기라도 하면 나는 가차 없이 쏘아대며 나의 것으로 만들어버렸다. 때론 일부러 미선이의 물건이 넘어오도록 만들 때도 있었다. 그 중에서도 제일 미선이를 괴롭게 한 건 숙제가 담긴 공책을 뺏고 돌려주지 않는 것이었다. 나의 이 같은 심술은 바닥이라고 너그럽진 않았다. 바닥에 그어 놓은 선이라도 미선이의 발이 넘어오게 되면 하얀 실내화에 내 발자국을 선명하게 찍어놓았다. 이때마다 매번 미선이는 되레 자기의 잘못인 양 기죽은 목소리로 두 손까지 모으며 빌다시피 말을 했다.

"미안해……. 다신 안 넘어갈게. 한번만 봐줘. 응……."

미선이는 사과하며 용서를 빌었고 나의 이런 못된 심술에도 그저 눈물만 보일 뿐이었다.

미선이와의 일방적인 전쟁을 끝내고 집에 돌아와 보니 무슨 일인지 일찌감치 아버지가 집에 돌아와 있었다. 그런데 평소와는 달리 아버지의 표정이 굳어 보였고 할머니 할아버지 역시 나에게 시큰둥한 반응이었다. 나는 순간 미선이를 너무 많이 괴롭힌 탓일까 지레 겁을 먹고 가슴이 철렁 내려앉았다.
 '웬일이지 내가 뚱순이를 괴롭히는 걸 알았나. 아님 선생님이 나와 뚱순이 일을 아버지에게 일렀나?'
 내 머릿속에는 별의별 생각이 다 스쳐갔다. 나는 이런 어른들 반응에 괜스레 주눅이 들어 아버지와 눈도 마주치지 못했다.
 "하, 학교…… 다녀왔습니다."
 나는 인사를 하고 평소에는 집어던지다시피 하는 신발까지 가지런히 벗어 놓고 방으로 들어가 조심스레 책가방을 벗어 놓았다. 이윽고 나의 이런 조마조마한 심장을 오그라들게 만드는 아버지의 무뚝뚝하지만 날카로운 목소리가 들려왔다.
 "섭이 너. 네가 뭘 잘못한지 알고 있지?"
 호통을 치며 방으로 들어오는 아버지의 손에는 총채와 할아버지가 아끼며 평소 타령이나 만담을 듣던 카세트데크가 들려있었다. 나는 총채를 보자 내가 무슨 잘못을 한지조차도 모르면서 다짜고짜 손을 모으며 빌어 댔다.
 "잘못했어요, 다신 안 그럴게요."
 나는 손이 발이 되도록 아버지에게 용서를 빌었다. 아버지는 이런 내 앞에 들고 있던 녹음기를 내려놓더니 카세트데크의 플레이 버튼을 꾹 하고 눌렀다.
 "이 울보 핫도그 정자야. 너 오늘 나한테 죽었어! 네가 누나냐! 이 핫도그 정자야."
 "야! 너 누나한테 지금 뭐라고 했어? 너 왜 이리 버릇이 없는 거니?"

"쳇! 핫도그 정자가 나한테 뭐라고 하네!"

"섭이 너 이놈 누나한테 그게 무슨 말 버릇이야! 그만두지 못 해!"

아버지가 나에게 들려주는 테이프에는 내가 누나를 괴롭히며 버릇없이 구는 소리와 할아버지의 목소리까지도 거짓말처럼 담겨져 있었다.

내가 그렇게 유별난 개구쟁이는 아니지만 나와 누나들은 시시때때로 다투는 일이 종종 있었다. 하지만 나의 거침없는 말과 행동은 유독 셋째 누나에게만 더 심했고 셋째 누나와는 다툰다기보다는 내가 누나를 괴롭히는 것에 더 가까웠다. 힘으로라야 당연히 나보다 한참이나 나이가 많은 셋째 누나가 더 세고 강할 테지만 매번 나의 이런 괴롭힘에도 셋째 누나는 번번이 눈물만 보였다. 내가 무서워서 우는 것은 아니었다. 셋째 누나는 사소한 일에도 눈물을 보여 울보라는 별명을 가질 만큼 마음이 여렸기 때문이다. 부모님이 아들하나라고 그다지 특별히 편해하지는 않았지만 집에 남은 누나들 중 가장 큰 누나인 셋째 누나에게 막내 동생인 나를 잘 보살피라는 어머니의 당부도 누나에게는 나의 버릇없는 행동조차 무조건 받아만 줘야 한다는 생각이 들게 만든 것 같기도 하다. 그래서인지 난 이런 셋째 누나가 만만하게 여겨졌고 왜 핫도그라고 했는지는 모르겠지만 핫도그 울보 정자라는 못된 별명까지 지어주며 때로는 이불을 뒤집어씌운 채 위에서 마구 뛴 적도 있었고 어느 날은 내가 발을 걸어 넘어져 이마에 상처가 난 적도 있었다.

아버지가 틀어준 테이프를 듣고 난 후에는 덜컥 겁이 난 나머지 숨이 턱 하고 막히는 것만 같아 조금 전에 싹싹 빌며 용서해 달라는 말조차도 나오지 않았다. 그리고 이제야 나의 잘못이 무엇이었는지도 알게 되었고 나의 이런 잘못을 오늘은 정말이지 호되게 꾸중하실 거란 생각에 온몸이 떨려왔다.

"어때 네 목소리 들으니까? 이제 알겠지? 네가 뭘 잘못했는지? 아무리 아버지가 집에 없다고 해도 할아버지 말씀조차 듣지도 않고 누나한테 이게 무슨 짓이냐! 바지 올리고 종아리 대!"

이제와 잘못을 부인한다 해도 이렇게 버젓이 나의 목소리가 담겨져 있는 증거까지 있지 않은가. 이 마당에 더 이상 변명조차 늘어놓을 수가 없었다. 그나마 할머니라도 말려주기를 바라고 있었지만 다른 때와 달리 할머니도 나의 이런 못된 버릇을 고쳐놔야 한다는 요량인지 그냥 못 본 채 하기로 한 것처럼 아예 집 밖을 나가 버렸다. 나는 아버지 말대로 바지를 걷어 올렸다. 후회와 반성도 됐지만 아무리 내가 잘못했다 해도 이 순간 나의 편에 서서 아버지를 말리는 이가 아무도 없다는 생각에 눈물이 쏟아져 나올 것만 같았다. 하지만 혹시나 지금 눈물까지 보인다면 아버지의 심기를 더 건드리는 건 아닌가 싶어 꾹 참을 수밖에 없었다. 이내 아버지는 인정사정 볼 것 없이 들고 있던 총채의 손잡이로 나의 종아리를 있는 힘껏 내리치며 당신도 속이 많이 상했는지 더 이상은 아무 말도 하지 않았다. 매를 맞고 아버지가 밖으로 나간 후에야 참았던 눈물이 하염없이 쏟아져 나왔다.

막상 아버지의 이런 매정하리만큼 차가운 회초리 맛을 보고 나니 이제는 반성과 후회보다는 억울함에 눈물이 나왔다. 내가 셋째 누나에게 심하게 군건 사실이지만 그렇다고 항상 셋째 누나를 괴롭히기만 한 것은 아니었기 때문이다. 물론 누나에게 대가를 받는 조건부이긴 했지만 누나의 실내화를 빨아주기도 했었고 누나를 위해 내가 사온 과자를 나누어 먹은 적도 있었다. 이런 생각을 하니 아버지에게 한마디 변명조차 하지 못한 것이 후회스러웠다. 그리고 나를 아버지에게 일부러 혼내려 이런 녹음까지 한 건 분명 누나들의 짓이란 생각에 누나들이 너무나 밉게 생각이 들었지만 나중에 알고 보니 녹음을 한 사람은 누나들이 아닌 할아버지였다. 할아버지는 아버지가 없을 때만 골라 누나를 괴롭히고 버릇없이 구는 나의 행동을 혼내주려고 아버지에게 들려주기 위해 누나에게 버릇없이 대들며 하던 말들을 모조리 녹음을 해놓은 것이었다.

　나는 할아버지가 너무나 야속하고 미웠다. 아버지에게 내가 이렇게나 심하게 혼난 것이 처음이어서 집에 돌아 온 누나들도 나의 눈치를 봤다. 이런 누나들도 밉기는 매한가지라 본체만체하고는 이불 속으로 들어가 이른 잠을 청했다.

　그때는 할아버지가 너무나 야속하고 미웠지만 이것도 다 나에 대한 사랑이 아니었을까. 할아버지의 이런 사랑이 없었다면 집안의 장손에다 아들 하나로 자란 내가 지금보다는 더 버릇없이 컸을 지도 모를 일이다.


　다음 날 아침 울다 지쳐 잠이 들어버린 나를 깨운 건 막내 진영 누나의 울음소리였다. 사연인 즉은, 바가지를 씌우고 앞머리를 잘라주던 어머니가 자꾸 수평을 맞추느라 점점 더 자르는 바람에 누나의 앞머리가 눈썹보다도 훨씬 위로 올라갔고 게다가 짝짜기가 되어버린 것이었다. 이 모습에 다른 누나들은 강 건너 불구경하듯 깔깔대며 배꼽을 잡았다. 밤늦도록 하도 울어 잘 떠지지도 않을 만큼 눈도 퉁퉁 부어있었고 기분까지 가라앉아 있었지만 나도 누나의 얼굴을 보고는 웃음보가 터지고 말았다.

"이게 뭐야! 나 학교 안 갈래."

누나는 울며불며 창피해 학교를 못 간다고 난리법석을 피워댔다.

"이런 일로 학교까지 안 가면 쓰나. 우리 진영이 착하지."

할머니도 누나를 달래주곤 있었지만 역시 할머니 얼굴에도 웃음기가 가득했다. 나는 누나가 학교까지 안 가겠다고 떼를 쓰는 이유를 알 것 같았다. 아마 누나가 짝사랑했던 같은 반 성열학이라는 형 때문이었던 것 같기도 했다.

가끔 그 형과 노는 걸 보면 형도 누날 좋아하는 것 같아 보일 때도 있었지만 내 짐작으로는 우리 누나가 짝사랑하는 것이 틀림없어보였다. 그러니 이 몰골로 학교에 갔다가는 잘 보여도 모자랄 판에 내가 봐도 열학이 형과 멀어지기 십상일 테니 누나도 이걸 두려워했을 것이다.

"서운아! 서운이란 이름하고 얼굴하고 아주 딱 이네!"

막내 누나를 놀리는 건 웬만해서 이런 일에 잘 끼어들지 않는 넷째 누나였.

서운이란 이름은 막내 누나의 또 다른 이름이었다. 집에서 쓰는 진영이란 이름과 할아버지가 지어 호적에 올린 서운이 이렇게 막내 누나의 이름은 두 가지였다. 할아버지는 딸 넷에 아들이라 기대했던 다섯째마저 딸인 것이 서운해 누나 이름을 서운이라고 지었다고 한다.

할아버지가 나쁜 맘으로 그런 건 아닐 테지만 불행히도 누나는 이 이름 덕분에 학교 아이들에게 놀림을 당한 적도 많이 있었다. 그래서 누나는 서운이란 이름을 끔찍이도 싫어했다.

그런데 지금 넷째 누나는 가뜩이나 성이 나 있는 막내 누나에게 불난 집에 부채질이라도 하고 싶은지 서운이라고 하며 놀려댄 것이다. 막내 누나는 분한 마음에 발까지 데굴데굴 구르며 집이 떠나가라 울기 시작했다.

어머니는 이런 누나에게 가진 수를 다 써가며 어르고 달래 한사코 학교에 가지 않겠다며 버티는 누나를 학교에 무사히 보낼 수 있었다.

이럴 때 보면 막내 누나는 정말 철없어 보이는 고집불통 꼬마 계집아이 같지만 늘 이런 것만은 아니었다. 남을 생각하는 마음씀씀이가 착한 구석도 있었다.

당시 다섯째 작은집은 우리 집에서 큰 길 두개를 건너 기다란 시장통을 지나 온 만큼을 더 가면 나오는 달동네 중에도 소문난 달동네에 살고 있었다. 동네 어귀에 도착해 좁고 높다란 계단을 다리가 아플 정도로 올라가다 보면 계단 맨 끝에 붙어 있었다. 그리고 다섯째 작은 집은 다른 작은 집들에 비해 막내 누나가 나를 데리고 가장 자주 갔던 집이기도 했다.

누나가 이곳에 오길 좋아했던 것은 나름 이유가 있어보였다. 어린 마음에도 우리보다 더 어렵게 사는 것이 딱해 보였는지 갈 때마다 어머니에게 졸라 세 명이나 되는 사촌 동생들에게 주기 위해 생선 한마리라도 손에 들고 간 적이 많았기 때문이다. 작은어머니도 이런 누나를 많이 기특해했다.

내가 여기 오는 것을 좋아하는 이유도 있었다.

작은방에 있는 비닐창문을 나무로 바쳐 올리면 두 눈에 들어오는 경치 하나는 웬만한 스카이라운지 부럽지 않을 정도로 끝내줬다. 여기로 보이는 것들은 언제 봐도 늘 새로웠고 내 눈에 들어오는 집들을 다 세려면 하루가 꼬박 걸려도 다 세지 못할 정도였다. 그리고 모든 세상이 내 발아래 있는 것만 같아 작은집에서의 대부분의 시간을 이 창문에 매달려 보내기 일쑤였다.

"너 외계인 본적 있어?"

모처럼 쉬는 시간에 자리를 지키고 앉아있는 나에게 다가온 민혁이는 나만 알아들을 수 있는 크기로 말을 했다.

"……"

나는 황당해 말을 못했다. 민혁이는 정식반장이 된 후 자기의 말을 잘 따라 주는 내가 마음에 들었는지 요즘 부쩍 내게 말을 걸어 올 때가 많았다.

"난 외계인 말 할 줄 안다!"

"……"

아직도 나는 민혁이의 말에 한마디 대꾸도 못했다. 못했다기보다 무슨 말을 해야 할지 몰랐다.

"한번 해 볼까?"

내가 시키지도 않았는데. 민혁이의 입에서는 알아들을 없는 정체불명의 언어들이 쏟아져 나왔다.

'뭐지, 이건! 진짜 외계인 말인가……'

아닌 것 같기는 한데. 분명 처음 들어보는 말이었고 예전에 미국사람들이 하던 말과도 확연히 틀린 것이 내 귀를 솔깃하게 만들긴 했다. 그리고 우리 반 허풍쟁이 성태가 지껄이는 말이라면 귓등으로도 듣지 않았겠지만 선생님들조차 총애하는 반장 민혁이라면 사정은 달랐다.

"민혁아 나도 가르쳐 줄래?"

나도 목소리를 죽여 민혁이에게만 들릴 정도로 말을 했다.

"그럼 다음 쉬는 시간에 다른 아이들 몰래 나를 쫓아오면 돼 알겠지?"

민혁이는 내 귓속에 속삭이듯 말을 했다.

"아참 그리고 이건 우리 둘만의 비밀이다! 꼭 지켜야해!"

돌아서다 말고 다시 온 민혁이는 당부의 말도 잊지 않았다.

"응!"

절대 말을 하지 않으리라 다짐하며 입을 꼭 다문 나의 입술에 힘이 들어갔다.

"딩동댕! 딩동댕!"

수업시간은 마치는 종소리가 들렸다. 나는 다른 아이들의 눈치를 살피며 민혁이를 쳐다보았다. 참으로 긴장된 순간이 아닐 수 없었다. 나와 눈이 마주친 민혁이는 눈을 찡긋하더니 자리를 떠 교실 밖으로 나갔다. 나도 이내 슬그머니 민혁이를 따라 교실 밖으로 따라 나갔다.

"가자!"

민혁이가 나를 데리고 간 곳은 우리 교실이 있는 건물 뒤편의 으슥

한 곳이었다.

"섭아, 절대 아무에게도 말하면 안 돼 선생님한테도 비밀이야!"

"응! 응!"

나는 빠르게 고개를 끄덕였다.

"자 이제 나를 따라 해봐! 쉿송샹까마따가나까마다!"

"쉿송샹까마따가나까마다!"

나는 열심히 따라했다. 외계인의 말을 배우는 것도 좋지만 반 아이들도 친해지려고 안달을 하는 반장 민혁이와 단둘이 있다는 것도 기분이 좋았다.

"됐어! 이제 너랑 나랑은 하나가 된 거야!"

철봉에 매달릴 때마다 손에 침을 과도하게 뱉을 때부터 알아봤지만 민혁이는 역시 유별난 아이였다.

"민혁아 근데 미선이한테도 알려주면 안 될까?"

"……꼭 해야 한다면 미선이만이다!"

민혁이는 흔쾌히 허락을 해주었다. 내가 그토록 싫어하던 미선이를 이렇게 각별히 챙기게 된 것에는 다 사연이 있었다.

막내 누나와 다섯째 작은집을 가던 어느 날. 시장에서 엄마와 함께 야채를 팔고 있는 미선이를 우연히 발견한 적이 있었다. 미선이의 어머니를 보고 뜨끔해진 나는 잽싸게 누나의 뒤로 숨어 들키진 않았지만 미선이를 보고 나니 가슴이 찡해지면서 찜찜한 것이 그날은 작은 집에서도 신경이 계속 쓰였었다.

이제와 반성해도 소용없지만 미선이를 괴롭힌 것에 죄책감이 들기도 했었다. 그래서 나는 다음 날 학교에 가면 내가 그어놓은 미선이와 나와의 삼팔선을 없애버리기로 했고 앞으로는 잘 해주리라 마음먹게 됐던 것이다.

'미선이를 괴롭힌 것이 영 마음에 걸려 속죄하고 싶었는데 이렇게 좋은 기회가 올 줄이야.' 나는 이번 기회에 미선이에게 외계인 말을 가르쳐 주는 것으로 내 죄를 씻기로 했다.

"미선아 너 수업 끝나고 나 조용히 따라와야 해. 꼭!"

"무슨 일 있어?"

"일단 따라와 보면 알아. 나와 민혁이만 아는 비밀을 알려주려고."

민혁이 이름을 꺼내면 좀 더 신빙성이 있을 것 같아 이렇게 말했다. 수업시간이 끝나고 나는 민혁이처럼 눈을 한번 찡긋하고는 슬그머니 자리에서 일어나 먼저 교실 밖으로 나갔다. 곧바로 미선이도 따라 나왔다.

"가자!"

나는 민혁이가 했던 것처럼 말까지도 그대로 따라했다. 미선이를 데리고 나는 민혁이가 나를 데리고 간 그곳으로 갔다.

"미선아 우선 아무에게도 말 안한다고 약속해!"

미선이는 말없이 고개만 끄덕였다.

"사실은 나랑 민혁이는 외계인 말할 줄 알아. 민혁이가 얼마 전에 외계인 만나서 말을 배운 거래!"

나도 조금은 허풍 끼가 있는 건지 민혁이가 외계인을 만났다고까지는 안했는데 이렇게 말해버렸다.

"정말! 선생님한테 얘기해야 하는 거 아니니?"

미선이는 진지하게 받아들이는 눈치였다. 아마 나 혼자 이런 말을 했다면 미선이도 쉽사리 믿지는 못했겠지만 나도 그런 것처럼 민혁이가 함께 한다는 것에 미선이도 믿음이 갔을 것이다.
"안 돼! 이건 너와 나 민혁이 셋만 아는 비밀이야! 이걸 발설하면 우리는 외계인에게 끌려갈지도 몰라!"
선생님에게도 비밀로 하라던 민혁이의 말 때문에 나는 조급히 내 멋대로 지어서 말을 했다.
"섭아 나 무섭다. 그럼 난 여기서 빠지면 안 돼?"
미선이는 진짜 내 말을 믿었는지 겁을 잔뜩 먹은 얼굴이었다.
"미안한데 빠질 순 없어. 이미 비밀을 알아버렸기 때문에 어쩔 수 없는 거야! 자! 이제 내가 해 볼 테니까 너도 따라하면 돼!"
"숑깔라까마따나까타마!"
민혁이와 똑 같진 않아도 비슷하게 흉내를 내며 입에서 나오는 대로 말했다. 미선이는 불안감에 사색이 되어갔지만 그래도 침착하게 나를 따라했다.
"됐어! 이제 너랑 나랑은 하나가 된 거야!"
나는 민혁이가 내게 해준 말을 또 똑같이 해주었다.
"고마워……."
미선이는 무서워하면서도 언제나처럼 예의바르게 고맙다는 인사를 빼먹지 않았다. 내친김에 복습차원에서 몇 번은 더 해보고 가고 싶었지만 수업종이 울릴까봐 시간관계상 그렇게 할 수 없는 것이 아쉬웠다.
"미선아. 앞으로 민혁이와 우리는 만나면 외계인 말로 하는 거다!"
나는 아이들이 눈치 못 채도록 먼저 들어가기 위해 뛰어가며 뒤돌아 미선이에게 말을 했다. 이날 이후 우리는 나의 말대로 민혁이와 함께 쉬는 시간이 되면 교실 밖으로 나와 외계언어를 주고받으며 교정을 거닐었다. 물론 이때마다 민혁이는 우리에게 새로운 언어를 하나씩 더 알려주기도 했다. 여자아이라 그런지 미선이는 나보다 훨씬 말을 늦게 배우는 것 같았고 버벅대는게 잘 따라하지도 못했다. 시간이 흐를수록 이건 나의 학교생활에서 빼놓을 수 없는 하나의 일과처럼 되어버렸다. 여기에 주머니에 있는 군것질거리를 나누어 먹는 재미까지 더해지면서 우리 사이는 더 돈독해져갔다. 다른 아이들이 들으면 아마도 민혁이가 나를 데리고 놀린다고 할 테지만 어쨌든 나는 민혁이와 나를 단짝으로 만들어 준 이것이 좋았다.

얼마 후 우리 학교 안에 생긴 작은 연못은 민혁이와 나와의 우정이 더욱 돈독해지는 계기를 만들어주었다. 나는 평소 등교 때마다 학교 정문에 소사 아저씨가 서 있기를 바랐다. 아저씨를 보기 위해서라기보다 같이 등교하는 우리 반 아이들에게 아저씨와 내가 친하다는 걸 보여주기 위해서였다.

늙은 마녀가 정해준 그 당시 나의 서열은 좀처럼 올라가지 못하고 그 자리에 머물고 있었다. 우리 집에 어머니가 나 몰래 숨겨둔 금송아지가 있지 않는 한 어쩜 내가 6학년이 된다 해도 그대로 일지도 모른다.

그래서 늘 조금은 기가 죽어 있는 내가 유일하게 내세울 수 있었던 것이 아버지와 친분이 있던 학교 소사 아저씨를 알고 지낸다는 것이었다. 그래서 나는 등교 때마다 친구들 앞에서 보란 듯이 아저씨에게 큰 소리로 인사를 했다. 교장선생님도 아니고 소사 아저씨와 잘 안다는 것을 뻐긴다는 게 웃기기도 하지만 아이들이 부러워하건 말건 상관없이 이것으로 그나마 내 마음의 위안을 삼았다. 그런데 이 작은 연못이 생긴 이후 민혁이와의 관계도 그렇지만 학교에서의 나의 서열도 오르는 듯했다.

수도 고치는 일을 하던 아버지는 소사 아저씨의 주선으로 연못 만드는 일에 참여하게 되었다. 연못이 다 완성되고 난 뒤 교장선생님은 고마움의 표시로 연못 가장자리 한편에 고마운 분들이라는 제목으로 조그마한 기념비를 세워 연못 공사에 참여한 학부모들의 이름을 새겨준 것이었다.

그래서 우리 아버지의 이름이 버젓이 기념비 안에 새겨지게 된 것이다. 그야말로 가문의 영광이자 대대손손 길이 남을 자랑스러운 일이 아닐 수 없었다. 연못이 만들어 진 후에 쉬는 시간마다 연못을 보러가는 것은 민혁이와 외계인 말을 하는 것과 함께 또 하나의 일과처럼 되어버렸고 이때마다 같은 반 아이들 앞에서 기세등등한 얼굴로 아버지 이름을 가리키며 내가 만들기라도 한 연못인 것 마냥 자랑하듯 연신 떠들어댔다.

"야! 진짜 있네! 얘들아 저기 섭이 아버지 이름 있다. 섭아 너희 아버지 대단하다!"

민혁이는 마치 자신의 일처럼 목소리까지 높여가며 다른 아이들보다도 더 나의 기를 살려줬다.

"아이. 뭘……."

민혁이의 오버에 나는 오히려 살짝 쑥스러워졌다.

"섭이 아버지 교장선생님하고 친한가봐! 교장선생님하고 친한 사람들만 이걸 만든 거 아냐?"

미선이의 다소 엉뚱한 질문은 높아만 가는 나의 콧대를 한껏 더 높여주며 주체할 수 없게 만들어주었다.

"어…… 그런 것 같기도 하고……."

이럴 땐 애매모호한 태도가 최선이라, 나는 은근슬쩍 미선이의 말에 묻어갔다.

"에이. 그런 게 어디 있냐! 섭이 아버지가 소사 아저씨랑 친해서 만든 거지 뭐!"

허풍쟁이 성태는 괜히 따라와서는 내 속을 긁어댔다.

"맞아! 미선이 말대로 교장선생님하고 친한 사람들만 연못 만들 수 있는 거야!"

민혁이의 말 한마디는 조금 전 미선이의 말에 의구심으로 가득 찼던 아이들의 표정을 금세 바꾸어 놓았다.

"와! 섭아? 아버지랑 교장선생님하고 친하면 넌 선생님들한테 안 혼나겠다."

성태 옆에 쪼그리고 앉아 있던 도연이가 먼저 입을 열었다.

"당연하지 이 바보야! 섭이 아버지가 연못까지 만들어 줬는데 혼내겠냐!"

도연이의 말이 답답하다는 듯 성태의 말투는 핀잔에 가까웠다.

평소 민혁이의 추종자였던 도연이와 허풍쟁이 성태는 민혁이에게 잘 보이기 위해 간사하게도 민혁이의 말 한마디에 태도를 바꿔 나를 부러워했다. 허풍쟁이 성태도 알아차린 미선이의 엉뚱한 말을 똑똑

한 민혁이가 말이 안 된다는 것쯤은 모를 리 없었고 그럼에도 불구하고 아이들 앞에서 나의 편을 들어주는 민혁이가 고마웠다. 이날 이후에도 민혁이는 내가 연못에 갈 때마다 함께 따라와 줬고 이것으로 인해 우리의 우정은 또 한 번 돈독해졌다.

# 10

 나의 입을 즐겁게 만드는 것들을 일일이 다 나열하자면 한도 끝도 없겠지만 그 중 네 가지 정도는 손에 꼽을 만큼 유독 내가 좋아하는 것들이었고 나의 괴롭힘을 많이도 당했던 셋째 누나와 함께 해 더 좋았던 것들도 있었다.
 첫 번째는 국자를 다 태워 먹는다고 할머니에게 야단은 맞을지언정 연탄불 아궁이에 누나와 함께 해 먹는 설탕 볶기의 맛이었고, 두 번째는 누나와 함께 따뜻한 아랫목에서 배 깔고 누워 라디오를 들으며 먹는 고구마의 맛이었다. 그리고 세 번째는 누나가 쪄주는 찐빵의 맛이었다. 흑설탕만 넣은 찐빵인데도 누나가 만들면 정말 맛있는 찐빵이 만들어져 나왔다. 앙꼬도 없는 이것을 큼지막하게 한입 베어 물면 달짝지근한 설탕물이 입안을 감돌 때 그 맛은 뭐라 말로 하기 힘들 정도였다. 마지막 네 번째로는 우리 가게 옆에 있던 떡집의 계피 향 나는 따끈한 인절미의 맛이었다. 그래서 나는 먹고 싶을 때 언제나 인절미를 먹을 수 있는 떡집 아들 대희를 많이도 부러워했다.

나는 내가 좋아하는 맘모스 빵을 먹기 위해 용돈을 받아 하굣길에 자주 맘모스 빵을 사먹는 같은 반 영호에게 비굴하리만큼 잘 보인 적이 있었다. 마치 맘모스 빵의 예찬론자가 되기라도 한 듯 왜 이 빵이 맛있는가에 대해 얘기해가며 영호와 친해지려고 노력한 적이 있기 때문에 아마도 대희가 나보다 형이든 아님 나와 동갑정도만 됐다 해도 난 인절미를 먹기 위해 기꺼이 그의 쫄따구가 되었을지도 모른다. 하지만 나보다 한참이나 어린 대희에게 인절미를 위해서 그렇게 한다는 것은 나의 자존심이 허락하지 않았다.

내가 열한 살이 되던 해 시장이 있던 자리가 헐리고 대신 2층짜리 신식건물이 들어섰다. 무슨 수완으로 우리도 자리를 꿰차고 있는지 모르겠지만 건물이 들어서고도 우리는 그 자리에 그대로 가게를 할 수 있었다. 그것도 신식건물에 걸맞게 옛날보다는 말도 못하게 좋아진 환경에 말이다. 그렇다고 번듯하게 문까지 달려있는 점포는 아니었다. 양 옆으로 점포들이 즐비하게 늘어서 있고 그 사이에 자리 잡고 있던 노점형태이긴 했지만 탁자와 의자까지 놓을 수 있는 한결 가게다운 모양새와 세련된 분위기라고나 할까. 떡집 대희 네도 시장이 새로 만들어지면서 들어 온 가게였다. 대희네 뿐만 아니라 우리 가게 주위로는 옛날에는 없었던 새로운 가게들이 들어서게 됐다. 깐깐하지만 정이 많은 아주머니가 하는 정육점도 있었고 그 옆에는 철 지난 유행가를 입에 달고 사는 홍익이 아저씨의 소시지 가게와 수입

물건을 팔던 기범이네, 가방 집 동훈이형네, 오누이가 다정하게 함께했던 액세서리 가게까지. 나는 천장에 매달린 만국기를 보고 있노라면 마치 여기 있는 모든 것들이 나의 것인 양 흐뭇했다.

좋은 일이 있으면 나쁜 일도 있기 마련인지라 이 무렵 아버지는 정확한 병명도 없이 한번 자리에 누우면 웬만해선 일어나지 못하는 이상한 병에 걸려버렸다. 그래서 어머니는 졸지에 우리 가족을 떠맡아야 하는 가장이 되었다. 아버지가 아프기 전에는 일이 없을 때면 종종 어머니 대신 가게를 봐줬기 때문에 그나마 어머니가 잠깐이라도 집에 들를 여유가 있었지만 이때부터는 이른 시간에 집에서 어머니를 볼 수 있던 때는 아예 없어져 버렸다. 또 아버지를 위해 기도해주던 과일가게 집사님 권유로 종교마저 기독교로 바뀌면서 아버지가 아픈 덕에 이젠 누나들도 떳떳이 나를 데리고 교회에 다니게 됐다.

어머니는 이참에 야채가게에서 다른 것으로 업종을 바꿨다. 일곱 형제의 맏며느리답게 원래부터 손맛이 좋았던 어머니는 순대국밥을 파는 식당을 하기로 한 것이다. 덕분에 나도 맘만 먹으면 순대는 원 없이 먹을 수 있었는데 왜 그런지 아쉽게도 순대가 내 입맛에는 썩 맞지 않았다. 하지만 순대를 좋아하는 같은 반 아이들 중에는 순대국밥 집 아들인 나를 부러워하며 순대를 얻어먹기 위해 잘 보이는 아이도 있었다. 나에게도 이런 날이 오다니!

어느 날 가게로 향하던 나의 눈에 먼발치에 있는 성훈이가 눈에 들어왔다.

"성훈아 우리 가게 갈래?"

나는 성훈이에게 쪼르륵 달려가 말을 했다. 성훈이는 같은 반 아이인데 순대를 무지 좋아해 나에게 잘 보이는 아이 중의 한명이었다. 성훈이가 오늘 길에서 내 눈에 띄었다는 것은 곧 이 아이가 순대를 먹을 수 있다는 얘기가 되고 고로 성훈이는 오늘 재수가 좋은 날이었다.

"진짜? 너희 엄마한테 안 혼나?"

내가 가게에 가자는 말이 무슨 뜻인지 이미 알고 있는 성훈이가 하는 말 중에 "안 혼나"는 거꾸로 말하면 순대를 먹을 수 있냐는 의미였다.

"혼나긴 왜 혼나! 울 엄마도 친구들 데리고 오라고 했어."

나는 다른 건 몰라도 순대를 주는 것만큼은 자신 있었다. 다만 학교에서는 한꺼번에 많은 아이들이 달려들까 봐 몸을 사리는 거지만 지금은 성훈이 혼자만 있기 때문에 더 자신 있게 말할 수 있었다.

나는 온정을 베푼다는 온화한 표정을 지으며 성훈이를 데리고 앞서 나아갔다.

"엄마! 우리 반 친구 성훈이야."

시장을 들어오는 입구부터 여기저기 나를 아는 척 해주는 어른들이 많아서 내 어깨에 힘이 들어갔다.

"안녕하세요!"

"그래 섭이랑 친한 친구니? 얼굴도 잘생긴 게 공부도 잘하게 생겼네?"

"그럼요! 섭이랑 제일 친해요!"

성훈이는 나랑 제일 친하진 않았다. 그런데도 이렇게 말을 하는 걸 보니 순대의 위력을 다시 한 번 실감하는 순간이었다.

"엄마! 순대 먹으려고!"

나는 땅에 닿지도 않는 발을 동동 구르며 의자 위에 앉은 몸을 들쑥날쑥 거렸다. 조금 후 인심 좋게도 접시에 수북이 쌓인 순대가 우리 눈앞에 놓였다.

"많이 먹고 부족하면 더 달라고 해도 된단다."

순대를 더 줄 수 있다는 어머니의 말에 성훈이의 눈이 초롱초롱 빛났다. 학교에서는 이런 성훈이의 눈을 한 번도 본적이 없었다.

"잘 먹겠습니다!"

"그래. 많이 먹어."

"그래. 많이 먹어."

나는 앵무새처럼 어머니의 말을 되풀이하며 생색내듯 성훈이의 등을 도닥여 줬다.

순대를 먹는 성훈이의 젓가락 솜씨는 무척이나 날쌨다. 얼마 후 순대가 거의 바닥이 날 때 쯤 다행히 부족하지 않았는지 나를 보는 성훈이의 눈은 이제 가봐야 한다고 말하는 것 같았다. 성훈이의 눈빛을 알아차리고는 내가 먼저 의자 위에서 내려오자 성훈이도 기다렸다는 듯 이내 내려왔다.

"잘 먹었습니다!"

평소에 선생님들에게도 안 그러던 아이가 꼬박꼬박 인사까지 하는 걸 보니 성훈이는 자주 올 모양인가 보다.

"엄마. 나도 성훈이랑 밖에 나가 놀고 올게!"

"그래. 성훈아. 재밌게 놀고 다음에 또 놀러오도록 해!"

성훈이의 예의바른 태도가 마음에 들었는지 어머니의 말투는 귀를 간질일 정도로 상냥하고 친절했다.

"네 안녕히 계세요!"

성훈이와 내가 가게를 떠나 몇 발 안 가서 내 뒤로 어머니의 소리가 들렸다.

"섭아! 잠깐만 다시 와봐."

어머니는 뭔가를 잊었는지 목소리가 다급해 보였다.

"왜?"

"갑자기 막걸리가 떨어졌는데 몇 통만 사다 주고 갈래?"

어머니는 내게 돈을 내밀며 부탁 아닌 부탁을 했다.

"알았어."

나는 종종 지금처럼 앉아 있던 손님에게 줄 막걸리가 갑자기 떨어지면 가게를 비울 수 없는 어머니를 대신해 술을 사러 다녀온 적이 있었다.

"성훈아 너 먼저 가야겠다. 나 엄마 심부름해야 해."

"나도 같이 가지 뭐."

성훈이를 데리고 가려던 건 아닌데 순대를 먹어 미안했는지 성훈이도 기꺼이 동행하기로 했다. 막걸리를 사오는 곳이 가까워 나 혼자도 괜찮지만 성훈이가 같이 가준 덕에 다른 때보다는 돌아오는 길이 한결 수월했다.

"어머! 성훈이 너 지금 여기서 뭐하는 거야?"

돌아오는 길에 우연히 만난 한 아주머니는 눈까지 휘둥그레지며 다그치듯이 말을 했다. 성훈이가 아무 말 안 해도 난 성훈이의 어머니란 걸 알 수 있었다.

"친구랑 심부름 다녀오는 건데……."

"아니! 누가 애한테 술심부름을 시켜! 도대체 누구야? 어디야? 엄마랑 같이 가게 앞장 서!"

나는 성훈이 어머니의 말에 말문이 막혀 인사하는 것조차 까먹었다.

"저…… 저희 엄마가 시킨 건데요. 원래 나 혼자 오는 건데 성훈이가 같이 가준대서요……."

"너희 엄마가 시키든? 나 참 어이가 없어서! 가자 너희 엄마한테 가!"

성훈이에게 순대까지 준 나에게 왜 이렇게 화를 내는지 몰랐다.

이내 성훈이 손에서 막걸리를 뺏어든 성훈이 어머니는 나를 앞세워 가게로 향했다.

"섭이 어머니 되세요?"

"네. 그런데요……."

"저. 성훈이 엄마 되는 사람입니다."

"아…… 네 안녕하세요? 근데 무슨 일이라도……."

어머니는 성훈이 어머니 손에 들려진 막걸리를 보고 대충은 눈치를 챈 얼굴이었다.

"아니! 다 큰애들도 아니고 이제 겨우 4학년 애를 술심부름을 시키면 어쩝니까?"

성훈이네 어머니는 최대한 교양을 차리며 말을 하는 척했지만 그래도 할 말은 다 했다.

"네…… 그게 아니고…… 아무튼 죄송합니다. 다신 이런 일 없도록 할게요. 정말 죄송합니다."

 나는 도대체 뭐가 죄송하고 우리 어머니가 뭘 잘못한지 몰랐다. 내가 조금만이라도 더 컸었더라면 어쩌면 이 상황에 지금 성훈이 어머니를 더 이상 두고만 보지 않았을지도 모른다.

 "다신 이런 일 없게 하세요! 혹시나 성훈이가 다시 와도 바로 집으로 돌려보내주시면 고맙겠네요!"

 "네…… 알겠습니다. 성훈아 미안하다."

 어머니는 성훈이에게까지 사과를 했다. 성훈이에게 순대를 준 것이 이리도 잘못된 일이었나. 마치 어머니가 할 줄 아는 말은 미안하다는 말밖에 없는 사람 같았다.

 성훈이에게 순대를 먹였고 일부러 그런 것이 아니라고 왜 말을 하지 못하는 걸까. 도무지 이해하기가 어려웠다. 이날이 성훈이가 우리 가게에 온 마지막 날이 되었고 나도 다시는 친구들을 가게에 데리고 오지 않겠다고 다짐했다. 더불어 나에게 찾아온 봄날도 함께 막이 내렸다.

## 11

일요일이다. 일요일은 학교를 안 가 좋다. 어머니도 큰일이 아니면 나가지 않고 집에 있는 날이기 때문에 더 좋다. 좀처럼 쉬지 못하는 어머니의 일요일 아침은 언제나 얼굴이 밝다. 하지만 며칠 전 성훈이 어머니와의 일이 있은 후로는 오늘까지도 의기소침해 보였다. 지금 다시 생각해봐노 억울하다. 어머니는 성훈이가 가는 것노 놀랐으면서 왜 그랬을까. 나 혼자 갔으면 됐을 것을 나 때문에 벌어진 일 같아 마음이 좋지 않았다. 일요일 저녁 메뉴는 늘 할머니가 차려주는 것과는 차별이 됐지만 오늘은 어머니의 기분이 별로인 관계로 큰 기대는 접기로 했다. 어느덧 저녁시간이 되어 여느 때와 같이 저녁을 먹고 텔레비전 앞에 모여든 우리 집 식구에게 외국 사람이 우리 동네에 온 사건보다 몇 배나 더 큰 일대 사건이 벌어졌다.

부부로 보이는 중년의 한 여자와 말쑥하게 차려입은 양복차림의 사내가 휘양 찬란한 과일 바구니를 손에 쥐고 아무런 예고 없이 우리 집에 온 것이다. 여자는 귀와 목에 장신구를 주렁주렁 한 걸 보니 있어 보이는 것이 부티가 났고 우리 동네에 사는 사람으론 보이지 않았다. 모두들 갑작스런 손님의 방문에 당황한 눈빛으로 그들을 쳐다봤지만 난 이것을 먹을 수 있다는 것에 이 두 명의 불청객을 반갑고 고마운 눈으로 바라봤다.

'이게 웬 횡재람! 오늘 밥상에 반찬이 일렬로 놓여 있었나……'

나는 다시 한 번 밥상에 놓였던 반찬들을 찬찬히 떠올려봤다.

방으로 들어온 두 불청객은 아버지 어머니에게 큰 죄라도 지은 사람처럼 코가 땅에 닿을 정도로 정중히 인사를 했다. 잠시 후 자리에 앉은 양복 입은 사내가 안 쪽 주머니에서 뭔가를 꺼내더니 아버지 어머니 앞에 놓아두었다. 나도 뭘까 궁금해 바짝 더 다가가 누나들 틈바구니를 비집고 고개를 쭉 내밀었다.

양복 입은 사내가 내려놓은 것은 사진이었다. 사진 속에는 어디서 많이 본 듯한 낯익은 한 여자가 행복한 표정으로 처음 보는 남자와 다정히 팔짱을 끼고 앉아 있었다. 좀 더 자세히 들여다보니 사진 속 여자는 다름 아닌 우리 큰 누나였다.

'어! 왜 큰 누나가 저기 앉아 있지……'

내가 보기에도 이 사진은 예사롭지 않아 보였다. 뭔가를 작정하고 사진관까지 가서 찍은 사진처럼 보였기 때문이다.

"안녕하십니꺼. 정인철이 누나 되는 사람입니더. 이쪽은 제 남편이고예."

부터 나는 여자가 먼저 입을 열었다. 사투리를 쓰는 걸 보니 서울 사람은 아닌 듯했다. 사진 속 남자를 가리키며 말하는 걸 보니 아마도 사진 속 남자의 이름이 정인철인 것 같았다. 그러고 보니 이 여자는 사진 속 남자의 누나가 되고 사내는 남자의 매형이 됐던 것이다. 참으로 엄숙한 분위기에 많은 이야기가 오고 갔지만 결론만 말하자면 큰 누나가 친구들과 부산으로 놀러갔을 때 사진 속 남자와 눈이 맞았고 어째서 눈만 맞았는데 누나가 임신까지 할 수 있는지 나는 잘 모르겠지만 누나는 남자의 아이까지 임신을 했다는 것이다. 그러니 하루빨리 식을 올려야 한다는 거의 통보수준의 말이었다.

이후 모든 일은 이 사람들이 말한 대로 일사천리 진행됐다. 남자의 직업을 알 수 없었지만 조만간 배를 타야만 했고 또 배를 타면 한참 후에야 돌아온다고 했다. 이런 이유로 부랴부랴 우선 약혼식을 올리게 됐다. 약혼식은 그 쪽의 배려로 우리 시장 이층에 있는 한정식 집에서 조촐하게 치러졌다. 매형이 배를 타는 바람에 누나는 부산 시집에 있는 동안 혼자 애를 낳았고 아기를 낳은 후에야 돌아온 매형과 결혼식을 올리게 돼 신혼여행도 조카를 데리고 갈 수밖에 없었다.

이 일로 우리 부모님은 눈 뜨고 코 베어 간다는 말처럼 눈앞에서 큰 딸을 도둑맞았지만 덕분에 나는 기차를 처음 타보게 됐고 부산의 여름바다를 볼 수 있게 되었다.

시장이 새로 지어진 이후 나는 방과 후 거의 대부분의 시간을 빈둥대며 시장에서 보내기 일쑤였다. 시장에 간다 해도 더 이상 어머니 주위를 서성일 필요도 없었고 시장사람들의 예쁨을 받는 것도 좋았다.

누나들도 가게에 들르는 횟수가 예전보다는 많아졌다. 특히 둘째 누나의 방문은 우리 시장 홍익이 아저씨의 마음을 흔들어 놓았다. 소시지 가게 홍익이 아저씨는 우리 둘째 누나를 좋아했다. 이런 이유로 막내 동생인 나에게 잘 보이기 위해 아저씨는 틈만 나면 나를 불러 소시지를 주곤 했다.

소시지를 먹는다고 해서 내가 손해 볼 장사는 아니었다. 내가 할 일은 누나의 근황정도와 시장에 언제 오는지에 대해 알려주는 게 전부였기 때문이다. 내가 소시지를 먹어준 덕분에 아저씨가 누나와 잘 된다면 좋은 거고 설사 안 되더라도 그건 전적으로 누나의 책임이지 내 탓은 눈곱만큼도 없다는 것도 알고 있었다. 또 설마하니 먹은 소시지를 몽땅 다 토해내라고 할리도 없을 테니까 말이다. 교회를 다녀서 그런지 내게 내려진 또 하나의 축복은 먹고 싶은 소시지를 골라먹을 수도 있다는 것이었다. 나에게는 많이 먹는 것도 중요하지만 매번 같은 것만 먹는다면 분명 머지않아 질릴 테고 수시로 골라먹을 수 있다는 것은 그야말로 아멘이라고나 할까. 이참에 정말 둘째 누나가 홍익이 아저씨와 아예 결혼해버리면 좋겠다고 생각했다.

그렇게만 되면 야, 소시지를 먹는 것에 대한 미안함도 없을 테고 지금보다도 먹을 수 있는 기회가 훨씬 많아질 것 같아서였다. 아니 기회정도가 아니라 밤에 소시지 귀신에 시달릴 정도로 배가 터지도록 실컷 먹을 수 있다는 생각에 이미 내 마음은 누나와 소시지를 맞바꾸고 있었다. 그래서 심청이가 아버지를 위해서 인당수에 빠지듯 둘째 누나도 나를 위해 홍익이 아저씨 소시지 가게에 빠져버리길 기도했다.

하지만 나의 이런 바람에도 불구하고 누나는 흥익이 아저씨에게 조금의 관심도 보이지 않았다. 누나의 콧대가 높아서라기보다 이건 전적으로 흥익이 아저씨의 잘못 같았다. 흥익이 아저씨는 술을 좋아하지 않았는데도 술주정뱅이 코처럼 빨간 딸기코를 가졌었다. 나이에 맞지 않게 철지난 트로트를 불러서 그런지 얼굴도 동안이었으면 좋았으련만 노안이 잔뜩 들어 주름투성이에다 머리숱도 없어 군데군데 민둥산처럼 보이는 곳도 많았다. 결정적인 것은 아저씨도 나처럼 키가 작다는 것이다. 내가 알기론 키가 큰 둘째 누나는 자기보다 키 큰 남자를 좋아한 것 같았기 때문이다. 혹시 둘째 누나가 나처럼 소시지를 좋아하면 모를까 누나는 소시지보다 외모를 더 중요하게 생각하는 것 같았다.

우리 둘째 누나가 흥익이 아저씨의 마음을 흔들어 놓았다면 반대로 시장사람들 중 나의 마음을 흔들어 놓은 이도 있었다. 그는 다름 아닌 액세서리 가게 애리 누나였고 이 누나는 파란 눈의 여자아이 다음으로 나의 마음을 빼앗아버린 두 번째 여자였다. 나이 차이로만 따지자면 내가 지구를 한 바퀴 돌고 와도 모자랄 만큼 많이 나지만 누나도 나를 남자로 대해 준적도 있었다.

"섭이 크면 누나한테 장가와라!"

마음의 준비도 안 된 나에게 애리 누나는 때때로 청혼을 했다.

"누나는 섭이처럼 씩씩한 남자가 좋더라!"

누나도 순대 때문일까. 아니 그보다는 내가 가끔씩 심부름을 해줘서 나에게 반한 것인지도 모르겠다.

"내가 클 때까지 기다려 줄 거예요?"

이런 말을 할 때면 꽃으로 만든 반지라도 하나쯤은 손가락에 끼워주며 해야 하는 걸 알면서도 사정상 입으로 밖에 할 수 없었다.
"호! 호! 호! 호! 호! 호! 당연하지! 섭이가 다 크면 언제든 누나에게 와 기다리고 있을게!"
애리 누나에게 한 가지 마음에 들지 않는 것은 예쁜 얼굴에 비해 웃음소리가 너무 방정맞다는 것이었다. 이렇게 웃을 때면 꼭 나를 놀리는 것 같아 더 마음에 들지 않았지만 까맣고 찰랑거리는 누나의 단발머리는 이때부터 나의 이상형의 기준이 되어버렸다.

찬바람이 부는 겨울이 와도 시장 안은 예전과 달리 온기가 느껴졌다.
"엄마! 나 왔어!"
웬일인지 오늘은 둘째 누나가 말도 없이 불쑥 찾아왔다. 빈둥대고 있으려니 좀이 쑤셨던 차라 누나의 출연은 내 얼굴에 다시 화색이 돌게 했다.
"웬일이래? 오늘 일 없어?"
어머니도 불쑥 찾아온 누나를 보며 의아한 표정을 지었다.
"누나 언제 갈 거야? 오래있다 갈 거야?"
어머니와 다르게 내가 궁금한 것은 누나가 얼마나 오랫동안 머물다 가느냐는 것이었다. 누나와 한집에 살지 않아 보고 싶기도 했고 올 때마다 뭔가는 꼭 하나씩 사주고 가는 누나를 볼 때면 버릇처럼 이걸 먼저 물어보곤 했다.
"섭이 누님 오셨어요?"
누나가 온 걸 봤는지 홍익이 아저씨는 어느 틈에 누나 옆에 바짝 붙어서 있었다. 누나가 오자마자 이내 오지 않은 걸 보면 내가 미처 알려주지 못해 부랴부랴 거울을 보고 단장을 하고 온 것 같았다.
"아...... 네...... 잘 계셨어요."
누나가 말을 더듬는다는 건 부끄럽다기보다 썩 달갑지 않다는 표현이었다.
"그럼요! 섭이 누님은 더 예뻐지셨어요!"
홍익이 아저씨는 눈치 없게 시리 능글맞게 말을 하고는 나에게 한쪽 눈을 찡긋거렸다. 눈을 찡긋거린다는 건 아저씨와 나만의 암호 같은 거였고 때를 봐서 누나를 데리고 아저씨 가게에 오라는 신호이기도 했다. 사실 이때마다 조금 고역스럽긴 했지만 소시지가 먹고 싶어 사달라는 핑계를 대며 누나를 데리고 가는 걸로 무사히 넘길 수는 있었다.
홍익이 아저씨가 끼어드는 바람에 누나의 대답을 듣진 못했지만 둘째 누나는 날이 어둑어둑해질 때까지도 가게에 머물렀다.
"언니!"
셋째 누나였다. 화들짝 놀라며 반가운 기색인 걸 보니 둘째 누나가 온 걸 모르고 온 모양이었다.
"잘 있었어? 기집애 더 예뻐졌다. 요즘 연애하나본데?"
"아니야...... 창피하게 왜 그래."
"조금만 더 일찍 오지 그랬어? 언니 지금 가려던 참인데."
"할 수 없지 뭐......"
셋째 누나는 서운한 기색이 역력했다.
"그래 알았어."

"눈길에 미끄러지지 않게 조심히 가. 더 늦기 전에 어서 가고."

어머니의 당부의 말이 끝나고 누나들과 함께 시장을 나오니 어느새 그쳤던 눈이 다시 내리고 있었다.

"섭아 손 시리지 않아?"

장갑을 끼지 않은 내 손이 추워보였는지 누나는 나를 데리고 장갑을 파는 가게로 갔다.

"골라봐. 섭아."

눈앞에 놓인 장갑들이 너무 많아 고르는 것이 망설여졌다.

"왜? 마음에 드는 게 없어?"

이것저것 만지작거리기만 하는 나에게 셋째 누나가 물었다.

"아니……."

실은 처음부터 내 눈에 들어온 장갑이 있긴 했다. 하지만 털실로 짠 장갑은 손가락마다 위에 가죽을 덧댄 것이 여간 비싸 보이지 않아 선뜻 말을 할 수가 없었다.

"섭아 비싸도 괜찮으니까 네 마음에 드는 걸로 사도 돼!"

이런 말을 하는 걸 보니 둘째 누나는 우물쭈물 거리는 내 행동에 뭔가 눈치를 챈 것 같았다.

"그럼……. 나 이걸로 사도 돼?"

나는 마음에 두었던 장갑을 둘째 누나에게 들어보였다.

"예쁘네! 그걸로 사!"

"정자야 너도 하나 골라봐. 언니가 사줄게."

둘째 누나는 옆에 있던 셋째 누나에게도 마음을 썼다.

"나는 괜찮아 집에 장갑 많은걸 뭐……. 신경 쓰지 마."

분명 셋째 누나도 사고 싶었을 텐데 마음에도 없는 소리를 했다.
"무슨 장갑이 많다고 그래……. 언니가 사주고 싶어서 그러는 거야."
"괜찮다니까 자꾸 그러네. 나 장갑도 잘 안 끼고 다녀."
"너 돈 때문에 그러지? 걱정 마! 언니 돈 있어."
"아닙니다요. 신경 쓰지 마셔요! 정옥 씨!"
셋째 누나는 둘째 누나의 강요에도 불구하고 애교 섞인 말투로 한 사코 뿌리쳤다.
몇 번의 실랑이 끝에 결국 장갑은 나의 손에만 끼워진 채 밖으로 나왔다.
"섭아 추우니까 장갑 꼭 끼고 다녀야해!"
장갑 낀 내 손을 어루만지던 둘째 누나는 나를 품에 안아 주었다.
"정자야 갈게. 추운데 빨리 들어가."
"언니, 바빠도 집에 자주 좀 와."
셋째 누나는 못내 아쉬워하며 둘째 누나의 잡은 손을 쉽게 놓지 못했다.
"그래 미안하다. 자주 올게."
"알았어. 조심히 가……."
잠시 후 뒤 돌아서 가던 둘째 누나는 몇 걸음 안 가 다시 돌아왔다.
"정자야, 이거 용돈 해."
둘째 누나는 거절할 틈도 없이 셋째 누나의 손에 찔러주듯 돈을 쥐어주고는 다시 이내 빠른 걸음으로 뒤돌아갔다. 나의 손을 잡고 있는 셋째 누나는 눈을 맞으며 걸어가는 둘째 누나의 뒷모습이 사라져

갈 때까지도 그 자리를 지키며 우두커니 서 있었다.

  셋째 누나의 손에 힘이 들어가는 것이 느껴져 올려다본 누나의 얼굴에는 차가운 볼 위로 눈물이 흐르고 있었다. 그때는 몰랐지만 지금 생각해보면 셋째 누나의 눈물은 동생들을 위해 집 떠나 생활하는 언니의 설움과 외로움에 대한 미안함의 눈물이었으리라.

## 12

 

방과 후 집에 돌아와 보니 동네 할머니들로 가득 찬 우리 집은 시끌벅적한 것이 무슨 큰 경사라도 난 것 같았다. 알고 보니 얼마 전 우리 동네에도 지하철역이 들어서면서 할머니들은 다들 땅속으로 가는 신기한 기차를 타보기 위해 우리 집에 모인 것이었다.

내가 5학년이 되던 해 우리 동네에 그것도 집에서 멀지 않은 곳에 지하철역이 들어서게 되었다. 땅속으로 기차가 다닌다니. 신기할 만도 하고 또 이런 기차를 탈 수 있는 역이 집 가까이에 생겼다는 것이 할머니들에게는 경사라면 경사일 테지만 역이 들어선 후 어째서인지 다른 동네어른들은 집값이 오른다며 다들 한탄을 했다.

"여기는 시유지라 남들 좋은 일만 하는 거지 뭐."

"그러게 말이야 우리야 뭐 혜택을 볼게 있나."

"돈이 돈을 번다고 그나마 이깟 콧구멍만 한 집이 있으면 뭐해, 시유진걸……. 있는 것들만 또 배부르겠구먼!"

집값이 오른다면 기뻐해야 하는 게 당연한데도 동네 어른들은 모이기만 하면 다들 볼멘소리로 원망하듯 서로에게 하소연했다. 시유지란 게 뭔지는 모르겠지만 아버지 말로는 지금 우리 집이 있는 이 동네가 나라 땅이라고 했다. 아주 옛날에 사람들이 이곳에 모여들어 집을 지으며 살기 시작했고 다행히 아무 탈 없이 어느덧 지금까지 시간이 흘러온 것이란다. 또 언뜻 이해는 안 갔지만 이것이 불법이어서 동네가 발전이 되면 될수록 우리에게는 더 안 좋을 수도 있으며 언젠가는 집에서 쫓겨날지도 모른다는 것도 알게 되었다.

이렇게 며칠 전 귀동냥으로 들은 아버지의 말대로 지하철역이 생겼다는 것이 그다지 좋은 일만은 아닌 듯한데 오늘 우리 집에 모인 할머니들과 우리 할머니마저 들떠 있는 모습은 왜 그런지 아버지의 이런 생각과는 전혀 동떨어져 보였다.

서두르라며 재촉하는 할머니들의 말에 우리 할머니는 삶아놓은 계란과 고구마를 보자기에 싸더니 언제 사두었는지 사이다 한 병을 보자기 옆에 세워놓았다. 이어 방으로 들어간 할머니는 곱게 한복을 차려입고 애지중지하던 브로치까지 가슴에 달고 나왔다.

다른 할머니들도 우리 할머니처럼 다들 한복을 곱게 차려 입긴 했는데 그 중에서도 특히 보라 할머니의 한복이 제일 예쁘다며 한바탕 호들갑을 떨었다. 처음에 나는 그 할머니의 이름이 보라인줄 알았는데 할머니의 손녀 이름이 보라여서 다들 그렇게 불렀다.

같이 가자는 할머니의 말에 나도 이내 할머니를 따라 나섰다. 명절도 아닌데 할머니들이 모두 한복을 입고 있어 길을 가는 내내 사람들의 시선을 한 몸에 받았다.

얼마 안가 지하철역에 도착한 우리는 촘촘히 놓인 계단을 따라 내려갔다. 그리고 사람이 지날 때마다 빙그르르 도는 차가운 느낌의 막대달린 문을 통과한 후 한 번 더 계단을 내려가자 그곳에 기차가 다니는 길이 놓여있었고 땅 밑에 이런 세상이 있다는 것이 우리 모두를 놀라게 했다.

잠시 후 스피커를 통해 상냥한 여자의 목소리가 들리더니 드디어 기다리던 지하철이 바람을 일으키며 도착했다. 할머니들과 나는 안내원의 안내에 따라 노란 선 앞에 줄을 서며 지하철에 문이 열리기만을 기다리고 있었다. 이내 지하철의 문이 열리고 할머니들은 줄을 섰다는 것이 무색할 정도로 우르르 빨려 들어가듯 지하철 안으로 들어갔다.

"세상 정말 좋아졌네! 땅 밑으로 기차가 다 다니고"

"그러게 말이여. 오래 살고 볼일이라니께!"

"거 참 신통방통하네! 무슨 수로 이렇게 만들었을까. 몰라."

지하철에는 우리 말고도 다른 사람들이 꽤 많이 타고 있었지만 할머니들은 전혀 이들을 의식하지 않았다. 이런 할머니들의 행동은 나를 조금 창피하게 만들었다. 어떤 이는 할머니들의 목소리가 귀가 거슬렸던지 눈총을 주며 눈살을 찌푸리는 이도 있었지만 역시나 이것조차도 아랑곳하지 않고 목이 쉬어라 수다를 떨어댔다.

지하철이 몇 개의 정거장을 지나는 동안 어찌어찌하여 자리에 모두 다 앉은 할머니들은 이제야 각자가 싸온 보자기를 풀어 음식을 먹기 시작했다.

'역시나 다 큰 내가 할머니를 따라 나서는 게 아니었는데…….'

예상은 했지만 막상 김치냄새까지 풍기며 고구마를 게걸스럽게 먹고 있는 오동추 할머니를 보는 순간 나의 창피함이 극도에 달했다. 하지만 다른 건 몰라도 사이다는 먹어야 했기에 할머니 곁을 떠날 수는 없었다.

"오동추야 달이 밝아 오동동이야~~"

오동추 할머니는 마치 어린아이가 놀이동산에 놀러온 것 마냥 신이 나서는 노래까지 흥얼거렸다. 이 노래는 평소 오동추 할머니가 막걸리 한 병을 손에 들고 우리 집에 올 때마다 대문 앞에서부터 즐겨 부르던 노래였고 이 때문에 오동추 할매라는 별명도 생겼다.

나도 땅속으로 가는 기차가 신기하기는 할머니들보다야 훨씬 더 했지만 한 가지 아쉬운 것은 창밖으로는 아무 것도 보이지 않는다는 것이었다.

꽤나 오랜 시간이 흘러 기나긴 여행을 마치고 집으로 돌아온 할머니는 함께 가지 못한 할아버지에게 당신이 보았던 모든 것들을 하나부터 열까지 차근차근 설명하고 있었다. 할머니의 얼굴은 천진난만해 보였고 이런 모습은 어머니에게 옷 선물을 받아 기뻐하던 때처럼 그날 이후 가장 행복한 얼굴이었다.

아버지의 걱정과는 달리 지하철역이 생겼다고 해서 우리 집 식구가 집에서 내쫓기는 그런 불상사는 일어나지 않았다. 할머니는 그날 이후에도 동네 할머니들과 내 집 앞마당 드나들듯 빈번하게 지하철

여행을 다녀왔고 지하철역은 이렇게 오히려 적적했던 할머니의 일상에 또 하나의 재미를 선사해 주었다.

평소에 한복을 입었던 할아버지 덕분에 우리 집은 할머니의 다듬이질 소리가 끊이지 않았다. 그런데 요사이 다듬이질소리가 점점 뜸해지더니 지하철을 탄다고 너무 무리한 탓인지 오늘은 결국 몸살기에 시달리며 할머니가 자리에 몸져누웠다.

"할머니 많이 아파?"

"아니……. 할미 안 아파……."

"섭아 근데……. 네 할아버지는 어디 가셔서 여태 오시지도 않는다니…… 저녁시간도 다됐는데……."

날이 뉘엿뉘엿 저물어 가자 할머니는 당신보다도 할아버지의 안부가 더 걱정스러운 모양이었다. 원래 할아버지는 외출을 하더라도 점심때가 되면 꼭 집으로 돌아와 할머니와 함께 점심을 먹고 다시 나가곤 했는데 오늘은 웬일인지 점심때도 오지 않고 저녁시간이 다 되어가는 지금까지도 오지 않았다. 게다가 할아버지는 요즘 들어 신경통이 심해져 제대로 걷기조차 힘든 몸이어서 할머니의 걱정은 아주 커보였다.

"섭아 네가 한번 나가 볼래? 혹시 할아버지 오시는지……."

"알았어."

나는 이내 할머니 말대로 대문을 나섰다. 하지만 할머니 곁을 떠나 집 밖을 한참이나 서성였지만 할아버지의 모습은 보이지 않았다.

"할머니, 할아버지 아직 오려면 멀었나봐!"

"그래……."

할머니는 나와 함께 할아버지가 들어오기를 바랐는지 나의 말에 핏기 없는 얼굴이 더 어두워졌다. 실망스러워하는 할머니의 표정을 보니 내가 너무 일찍 들어온 게 아닌가 하는 생각이 들었다.
"할머니 걱정하지 마. 할아버지도 지하철 타러 갔나보지 뭐!"
"……"
나의 말에 아무 대답이 없던 할머니는 나를 등지며 돌아누웠다. 할머니의 걱정이 더욱 커져갈 때쯤 대문 여는 소리에 방에서 나와 보니 검정 비닐봉투를 손에 든 할아버지였다.
"이 양반 어딜 다녀오시는 거예요. 식사도 안 하시고……."
할머니는 마치 몸이 다 난 사람처럼 자리에서 벌떡 일어나 할아버지를 반겼지만 너무 걱정한 탓인지 목소리는 떨리고 있었다.
"허, 허. 걱정했구먼, 자 이거 받아요."
할아버지가 건넨 검정 비닐봉투는 무언가 때문에 꿈틀대고 있었다. 거기에는 어디에서 사왔는지 아직도 살아 퍼덕거리는 내 팔뚝만 한 가물치 한 마리가 들어있었다. 할아버지는 할머니의 아픈 몸을 위해 누구한테 들었는지 몸에 좋다는 말에 가물치를 사온 것이었다.
"이걸 사시느라 여태껏 다니신 거예요. 도대체 어디까지 가셨기에……."
할머니는 눈시울이 달아오르는지 옷소매로 눈을 훔쳤다.
"혹시 큰일이나 난줄 알고 내가 얼마나 걱정했는데……. 몸도 성치 않은 분이 뭘 이런 걸 사시느라 고생하세요."
"허, 허, 허."
할머니의 걱정스런 말에도 할아버지는 턱수염을 매만지며 흐뭇한 미소만 지었다. 할아버지는 일찍이 당신의 어머니인 즉 나의 증조할머니를 여의었다. 그래서 우리 아버지조차 증조할머니의 얼굴은 보지도 못했고 그나마 증조할아버지마저도 얼굴이 희미하게 기억날 정도로 아버지가 어린나이에 세상을 떠났다.

아버지 말에 의하면 할아버지는 앓아누운 증조할아버지를 위해 기르던 개를 잡아주고 싶어도 찢어지게 가난한 살림에 이것조차 아까워 망설이며 선뜻 잡아주지 못하고 있었는데 어느 날 불쑥 자전거를 타고 온 일본순사가 광견병에 걸렸다는 핑계를 삼아 갈고리로 잡아갔다고 했다. 그러니 산삼정도 되는 값비싼 약은 아니더라도 이렇게나마 할머니를 위해 가물치 한 마리라도 망설임 없이 해드릴 수 있다는 것이 할아버지에게는 너무도 고마운 일이었을 것이다. 우리 증조할아버지는 그 당시 일본순사가 타던 자전거에 치어 세상을 떠났지만 집으로 찾아온 순사의 미안하다는 말을 듣는 것 외에는 별다른 저항도 하지 못했다.

상여조차 만들지 못하고 제대로 장사조차 치르지 못할 형편에 이를 딱하게 여긴 동네 권 씨는 시신이 놓인 지게를 할아버지 대신 지어주겠노라 했지만 "나 이거야 원! 살아생전 죽은 송장을 지어보기는 처음이네! 그려" 하는 권 씨의 말에 화가 난 할아버지는 권 씨의 등에서 지게를 뺏어지고는 마을 사람들의 눈을 피해 칠흑 같은 어두운 밤 애미당골이라는 곳으로 시신을 묻기 위해 홀로 갔다고 한다. 그 후 시신을 묻고 집으로 돌아온 할아버지는 마당에 깔린 멍석 위에 두 다리를 쭉 펴고는 한없이 서럽게 울었다고 했다.

부모를 일찍 떠나보낸 할아버지의 슬픔이 채 가시기도 전에 할아버지의 동생인 작은 할아버지마저 강제징용 되어 일본 탄광촌으로 끌려간 이후 생사조차도 알 수 없게 되었다고 하니 두 분 금슬이 워낙 좋아 할머니를 생각하는 할아버지의 애틋한 마음도 있겠지만 그보다 어쩌면 다시는 사랑하는 가족을 쉽게 떠나보내고 싶지 않은 마음이 더 컸을지도 모른다.

# 13

 장마철이 오면 언제나 우리 집은 한바탕 물난리를 겪어야 했다. 그나마 조금이라도 장맛비를 대비하기 위해서는 아버지의 손길이 절실했고 요즘 들어 조금씩 좋아지는 아버지를 보며 올 여름 장맛비를 걱정했던 어머니는 한시름 놓는 것 같기도 했다.
 푸른색 플라스틱슬래브로 만들어진 우리 집 지붕 위에 내리는 비는 마치 캐스터네츠를 연주하듯 '틱틱 톡톡' 소리를 내며 지붕 위에 내린다. 또 빗방울이 거세지면 거세질수록 덩달아 지붕 위에 빗방울 연주도 빨라진다. 어쩔 때는 비오는 소리를 들으며 빗방울이 떨어지는 것을 볼 수 있다는 것이 근사하고 낭만적일 때도 있지만 비가 많이 오는 우기 때가 되면 사정은 많이 달라진다. 아버지는 뙤약볕을 맞으며 거의 온종일 지붕 위에 올라가 있었다. 여기 저기 갈라지고 동네 아이들이 던진 돌에 맞은 구멍까지 나 있어 비가 새지 않게 손을 보기 위해 비지땀을 흘리며 지붕을 고쳐야 했던 것이다. 하지만 간혹 빗물받침대 끝에 있는 배수구가 막혀 지붕을 타고 한데 모아진 빗물이 제대로 빠지지 못할 때에는 아버지의 고생에도 불구하고 벽을 타고 고인물이 우리 집 안으로 들어올 때가 있는데 이때는 마치 나이아가라 폭포마냥 주룩주룩 물줄기가 되어 벽을 타고 내려오곤 했다.

　장마가 있는 여름철이 이처럼 아버지에게는 고역스러운 계절일지 모르지만 어머니에게는 달리 느껴지는 것 같았다. 물이라면 아주 지긋지긋하게 생각될 만도 한데 어머니는 일요일이 되면 거의 온종일 화단에 물을 주고 콧노래까지 흥얼거리며 화단이 있는 집 밖에서 시간을 보내기 일쑤였다.

　시원스레 물줄기를 내뿜어도 오가는 사람 누구 한명 뭐라 하기보다 되레 시원해 좋다는 말을 들으며 마음껏 꽃에 물을 줄 수 있고 겸사겸사 골목 물청소도 하기에 좋은 때가 바로 여름철이기 때문이다.

　우리 집 대문 옆 담벼락에는 작은 화단이 있었다. 화단이라고 하기에는 우스울 정도로 놓인 꽃이라곤 어머니가 비행기산에서 뜯어온 들꽃들과 호박 그리고 이름도 알 수 없는 요상한 생김새의 꽃들로 가득 채워져 있었다. 그래도 어머니에게는 당신의 정성이 가득담긴 아름다운 화단이었다. 우리 집 앞 골목은 두어 사람이 지나기에도 비좁을 만큼 아주 좁았다. 그럼에도 어머니는 이 좁디좁은 골목에 거의 반 이상을 차지할 정도로 화단을 만들어 놓았다. 그래서 길이 좁아져 지나기에 많이 불편할 만도 한데 이 길을 지나는 동네 사람

그 누구도 불만 섞인 말을 하지 않았다. 오히려 지나는 동네 어른들은 가던 길을 멈춰서 들여다보며 "꽃이 참 예쁘다"라는 진심어린 말을 남기며 돌아섰다.

아마도 화단 위에 놓인 꽃을 보며 각박하게 살아가는 자신들의 처지를 위로하며 각자의 마음속에 아주 큰 자기만의 정원을 상상했을지도 모른다. 어머니는 이런 동네 어른들의 칭찬의 말을 들을 때마다 어린소녀처럼 좋아했고 어머니 또한 뜰 넓은 정원을 동경하며 상상하고 있었으리라. 어머니는 단 한 번도 이 볼품없는 화단에 불만을 드러낸 적이 없었다. 오히려 매우 만족스런 표정을 지어보였다. 하지만 어머니가 부유한 집으로 시집을 갔더라면 지금처럼 보잘것 없는 이런 화단을 보며 기뻐할 일은 없었을 것이다. 또 어머니가 바라는 대로 좋아하는 꽃이며 나무들을 넓은 정원에다 마음껏 심을 수 있었을 텐데 하는 생각을 하면 마음이 아프다.

우리 어머니와 아버지는 서로 얼굴도 보지 않은 채 결혼을 했다. 아니 결혼을 했다기보다 어머니가 일방적으로 시집을 갔다는 게 더 맞는 표현일지 모른다.

지금 시대에 생각해 보면 언뜻 상상하기 힘든 일이겠지만 아무튼 사연이야 어찌 됐건 박복순 씨와 이복동 씨의 결혼으로 내가 태어나 이렇게 옛 일을 회상하며 글을 쓸 수 있게 된 것이니 이 두 분에게 고마울 따름이다.

어머니 말로는 우리 할머니와 할아버지가 살고 있던 곳 다시 말하면 어머니가 시집간 곳은 마을에 집이라곤 고작 초가집 몇 채에 금방이라도 호랑이가 튀어나올 것 같은 아주 깡촌 중에 깡촌이었다고 한다.

 어머니 나이 열아홉. 이제 막 청춘의 꽃이 피어 한껏 발하기도 전에 어머니는 이런 깡촌으로 아버지 하나 달랑 믿고 시집을 온 것이다. 더욱이 엄마가 시집온 후 얼마 되지 않아 아버지는 공군에 입대하게 되었고 아버지의 "잘 있다 오마!" 하는 말 한마디에 어머니는 할머니 할아버지를 도와 고스란히 집에 남은 여섯 시동생들을 돌봐야 하는 처지가 되었다. 지금도 가끔씩 아버지는 공군입대 시절 찍은 사진을 보며 자랑스러워하곤 한다. 아버지의 입대로 어머니가 짊어져야 했던 그때의 힘들었던 어머니의 과거보다는, 챙이 있는 모자에 반짝이는 공군 배지를 달고 있는 아버지의 폼 나는 모습이 더 보기 좋은가보다. 이걸 보면 아버지는 누나들이 말하는 대로 정말 당신 밖에 모르는 이기주의자인 것 같기도 했다. 하지만 어쩌면 아버지도 그때의 그 지긋지긋한 가난과 깡촌 생활에서 자의든 타의든 잠시라도 벗어 날 수 있었던 군 생활이라는 유일한 자신만의 세상을 회상하고 있었던 것일지도 모른다.

 넉넉하지 못했던 아니 숟갈몽둥이 하나 물려받을 것 없었던 어머니의 시집살이는 막내 시동생 즉 나의 막내삼촌에게 젖 물리는 것부터 시작되었다. 아버지 말로는 할머니가 막내 삼촌을 가졌을 때 어머니는 큰 누나를 임신했고 아기를 낳은 후 할머니가 일이 있거나 젖이 안 나오면 어머니가 큰 누나와 막내 삼촌을 번갈아 가며 젖을 먹였다고 했다. 그래서 지금도 막내 삼촌과 큰 누나는 삼촌과 조카 사이라기보다 친구에 가까울 정도로 스스럼없이 지낸다. 우리 어머니가 자주 하는 말 중에 "소도 비빌 언덕이 있어야 비빌 수 있다"라는 말이 있는데 특히 이 말은 나에게 잘해주지 못한 미안함을 말 할 때 자주 하곤 했었다. 어쩌면 그 시절 끼니조차 때우기 힘들었던 시집살이에 할머니와 할아버지를 원망하는 소리였던 것 같기도 했다.

 어린 나이에 뭇 동네로 시집 온 것도 서러웠을 텐데 졸지에 아버지를 대신해 시부모와 시동생들마저 건사해야만 했던 어머니의 마음은 어떠했을까. 그래도 조금이나마 더 살만 했던 외가에서는 유난히 외할아버지의 사랑을 독차지하며 애지중지 귀하게 자란 어머니였기에 그 당시 눈앞에 닥쳐온 현실들을 받아들이기란 여간 쉽지 않았을 것이다. 하여 아버지에게 시집 온 꽃다운 열아홉 소녀는 새벽녘 부엌에서 몇 날 며칠을 울어야만 했을 것이다.

 어머니의 눈물이 다 말라갈 때 즈음 아버지는 군 생활을 마치고 집에 돌아왔다고 한다. 하지만 아버지가 돌아온다고 해서 딱히 어머니의 고된 생활이 달라지는 것은 아니었다. 그나마 더 이상 할아버지를 쫓아 나무를 하러 산에 오르지 않아도 된다는 것은 다행이었지만 아버지가 당시 머슴살이로 벌어오는 것은 고작 열 식구 입에 풀칠할 정도가 다였을 테니 말이다. 어머니는 지금도 그때를 회상하면 말도 하기 전에 눈물을 먼저 보일 때가 많다. 비록 그때와는 달리 지금 어머니 곁에는 언제나 아버지가 지키고 있긴 하지만 어머니 옆에 뜰 넓은 정원이 없다는 것은 못내 아쉽기만 하다.

# 14

졸업을 얼마 남겨두지 않은 겨울 문턱은 나에게 있어 혹독하리만큼 차갑고 시리게 찾아왔다. 어려서부터 깨를 벗고 눈밭을 뛰어다녀도 감기 한번 걸리지 않던 내게 병이 찾아온 것이었다. 여느 때와 다름없이 주일예배를 위해 교회에 도착한 나는 몇 개단 오르지 못하고 왼쪽다리에서 느껴지는 고통 때문에 그 자리에 주저앉고 말았다. 교회 중등부 회장으로 있던 종찬이 형의 부축을 받고 가까스로 집까지 오긴 했지만 시간이 흐를수록 나의 병세는 악화되어 다른 이의 도움 없이는 일어서기조차 힘든 몸이 되었다. 이 때문에 오랫동안 학교도 가지 못했고 내가 다시 학교에 갈 수 있었던 때는 아버지의 부축을 받으며 갔던 졸업식 날이었다. 이때가 아마 아버지가 나를 위해 학교에 온 두 번째 날이었을 것이다.

3학년 운동회 날이 아버지가 나를 위해 학교에 온 첫 번째 날이었다. 장사 때문에 가게를 비울 수 없는 어머니 대신 혼자 온 아버지는 나를 데리고 자장면을 먹으러 학교 밖으로 나갔다. 자장면 먹는 것은 좋았지만 아버지와 자장면을 먹으러 가는 것이 창피하기도 하고 초라해 보이는 아버지의 모습도 싫었다. 나도 다른 아이들처럼 예쁜 도시락에 어머니가 정성스레 싸준 김밥을 먹었으면 하는 바람에서였던 것 같다.
　어머니가 오지 않은 것이 서운해 시무룩해져 뾰로통한 입을 해서는 아버지를 쳐다보지도 않고 자장면을 먹었지만 도시락 대신 평소에는 쉽게 사주지 못했던 자장면을 사준다는 것이 나름 당신들이 나에게 최선을 다해 해줄 수 있었던 것이었으리라.
　졸업식을 하기 위해 나와 함께 온 아버지를 보며 나는 그때와 비슷한 생각이 들었다. 아픈 나를 삐까뻔쩍한 자가용에 태워 왔더라면 아버지가 입은 너저분하게 낡은 잠바조차도 폼 나고 좋아보였을 텐데, 멋쩍어하며 어색하게 내 옆에 서 있는 아버지와 피죽도 못 먹은 사람마냥 하얗게 뜬 얼굴을 하고 사진을 찍는 내가 처량해 보였다.
　어머니는 내가 누운 자리 옆으로 벽에 문고리 하나를 달아놓았다. 이것의 용도는 내가 몸을 일으킬 때 잡고 일어나라고 만든 손잡이지만 그것보다는 나의 대소변을 받아주는 어머니의 수월함을 위해서였던 것 같기도 했다. 당장 죽을 만큼의 병은 아닌 것 같아 보였지만 도무지 나의 왼쪽다리는 통 말을 듣지 않았다. 마치 다리 속에 바늘이라도 가득 들어있는 것처럼 찌르는 듯 심한 고통에 시달렸고 밤낮을 가리지 않고 몸은 불덩이가 되어 하루에도 열두 번씩 얼음으로 식히지 않으면 안 될 정도였으니 아직은 어린 내가 이겨내기란 무척이나 힘들었다. 이 일로 교회 전도사님은 하루가 멀다 하고 나의 걱정에 우리 집에 드나들었고 열을 식히기 위해 발가벗은 내 앞에서 안수기도를 해주었다. 다른 때라면 열세 살이나 된 내가 그것도 여자 전도사님 앞에서 부끄러움을 탈만도 한데 이때는 창피함을 느낄 만한 겨를도 없었다.

자리에 누운 이후 꽤 오랜 시간이 흐르는 동안 내가 받은 치료라고는 어머니가 약국에서 지어오는 약을 먹으며 전도사님의 안수기도를 받는 것이 전부였다. 그래서 일까 나는 지금까지도 그때의 후유증이 남아 있다. 운동을 한다거나 등산을 할 때면 왼쪽다리에 심한 통증을 느꼈지만 이것이 그때의 후유증이란 건 내가 서른이 다 되어 가벼운 교통사고로 입원했을 때 의사선생님에게 들은 것이다. 선생님의 말로는 그 당시 병원을 너무 늦게 간 것이 원인이 된 것 같다고 했다. 또 완치는 불가능하다며 다리를 최대한 아끼는 것이 최선의 치료라는 말도 덧붙였다. 그래서 지금도 나는 산을 오르거나 심한 운동은 하지 못한다. 이런 나의 처지를 부모님은 알지 못한다. 솔직히 의사선생님의 말대로 조금이라도 더 빨리 나를 데리고 병원에 가지 않았던 것과 고작 발가벗은 내 앞에서 머리 숙여 기도하는 것이 전부였던 부모님에 대한 원망이 생기는 것은 어쩔 수 없지만 그 당시 나로 인해 부모님들이 받았던 마음고생은 헤아릴 수 없을 만큼 컸다는 걸 잘 알고 있기 때문에 세월이 많이 흐른 지금 또 다시 들춰내고 싶진 않아서였다.

"섭아 엄마랑 병원가게 일어나자."

나의 상태가 점점 더 악화되면서 주변사람들의 권고와 부모님조차 겁이 났던지 어느 날 병원에 가야 한다며 나를 일으켜 아버지의 등에 업혔다.

"아…… 아…… 아…… 엄마 아프단 말이야!"

도대체 내 다리 속에는 정말 바늘이라도 들어가 있는 건지 손만 대도 살이 떨어져 나가는 것 같은 아픔에 자지러지듯 소리쳤다.

"어…… 그래그래. 섭아……. 아파도 엄마랑 병원 갈 때까지만 참아야 해, 알았지!"

아버지의 등에 업혀 밖으로 나가보니 어머니는 이미 아버지가 연장통을 싣고 다니던 자전거 뒷자리에 두툼한 옷가지를 깔아 내가 앉을 자리를 마련해 놓았다. 나는 아주 작은 움직임과 충격에도 다리에 고통이 너무 컸던 탓에 아버지는 타지 않고 조심스레 자전거를 끌고 갔고 어머니는 뒤에서 나를 붙들며 갔다.

"엄마! 엄마! 아파죽겠어! 잠깐만! 잠깐만 세워보니까!"

병원에 가는 길은 춥기도 추웠지만 아무리 두툼한 옷을 깔아 놓았다 해도 울퉁불퉁한 길을 가는 자전거에서 전해지는 충격은 참을 수 없을 만큼 고통스러웠다.

"아이, 나 병원 안 갈래. 나, 집에 갈 거야. 아빠 다시 집으로 가. 응! 다시 집으로 가자!"

나는 더 이상 아픔을 참지 못해 울음을 터트리며 떼를 썼다.

"섭아, 조금만 참으면 돼. 이제 거의 다 왔어."

"싫어! 이게 뭐야. 우리 집은 차도 없고! 난 아파서 죽을 것 같은데! 자전거 타고 가니까 너무 아프단 말이야!"

나는 여태껏 집에 자가용이 있는 친구를 결코 부러워해 본 적은 없었다. 아니 못 오를 나무는 쳐다보지도 말라는 말이 무슨 뜻인지 잘 알고 있었다. 하지만 내가 아버지의 자전거에 실려 병원에 가는 지금은 어찌나 괴롭고 가는 길이 멀게만 느껴지는지. 자가용도 없는 아버지 어머니가 원망스러웠다.

이날 이후에도 나는 아버지의 자전거에 실려 한 동안 이곳저곳 몇 군데의 병원을 다녀봤지만 딱히 뚜렷한 병명과 치료마저 신통치 않았다. 하지만 병원에 다녀서인지 간신히 혼자 일어서고 아버지가 없어도 어머니의 부축을 받으며 천천히 걸을 정도는 됐지만 이것마저 몇 발짝 가지 못해 이내 어머니의 등에 업혀야만 했다.

"섭이엄마. 노량진에 있는 병원 한번 가보지."

"네……."

"거기가 섭이 같은 증상의 사람들이 많이 가는 곳인가 봐. 아주 용하다네!"

"아 그래요. 고맙습니다. 한번 찾아가봐야겠네요……."

동네 아주머니의 말에 어머니는 지푸라기라도 잡는 심정으로 그 다음날 나를 데리고 아주머니가 말한 병원으로 향했다. 자전거로는 갈 수 없는 거리였기에 택시를 타고 가야만 했다. 나는 몸도 약해진 데다가 차를 타본 경험이 그리 많지 않아 가는 내내 멀미에 시달려 기운이 없었다. 얼마 후 도착한 병원은 여태껏 내가 갔었던 병원보다는 크기도 크고 복도에서 나는 알코올냄새가 나에게는 묘한 안정감을 주었다. 그리고 흰색 가운을 입은 사람들이 많이들 오가는 걸 보니 의사가 꽤 많아 보였다. 간호사의 부름에 원장님이 있는 진찰

실에 들어간 이후 간호사의 안내에 따라 갖가지 검사가 끝나고 어머니는 나를 떼어놓고 혼자 원장실로 들어갔다.

"음……. 확실치는 않지만 최악의 경우 다리를 절단해야 할 수도 있습니다."

"네! 선생님 그게 무슨……."

"조금만 더 일찍 오셨더라면……. 그래도 아주 늦은 건 아닙니다. 우선은 수술 없이 주사로 약물치료를 먼저 해보도록 하죠. 너무 심려 마세요. 분명 좋은 결과가 있을 겁니다."

빠끔히 열려있는 원장실에서 들려오는 소리는 청천벽력과도 같은 소리였다. 점점 나아져 걷기까지 하는 내 다리를 절단해야 할지도 모른다니 도무지 말이 되지 않았다. 병원에 도착할 때까지만 해도 희망에 찬 어머니의 얼굴은 금세 파랗게 질린 차가운 낯빛으로 변해 있었다. 그리고 원장실을 나온 후에도 우두커니 복도 벤치에 앉아 오랜 시간동안 병원 문을 나서지 못했다.

집으로 돌아오는 택시 안은 침묵이었다. 여기서 누군가 먼저 말이라도 꺼낸다면 어머니는 금방이라도 울음을 터트릴 것만 같았다.

집에 돌아온 후에도 어머니의 얼굴은 여전히 창백해 보였다. 이런 얼굴은 비단 어머니뿐은 아니었다. 아버지를 비롯해 할머니, 할아버지까지 온 집안 식구모두가 마치 넋이라도 나간 사람들 같았다.

"엄마……. 섭이 많이 안 좋은 거야?"

울보 셋째 누나는 눈물을 글썽이며 말했다.

"그런가봐……. 무식한 게 죄지, 죄야. 진작 병원에 데리고 갔어야 하는데……. 이 어린 것이 무슨 죄가 있다고……."

어머니는 누나의 말에 설움이 복받쳐 오르는 듯 울먹였다.
"애미야. 너무 염려마라. 설마하니 의사선생님 말처럼 그렇게야 되겠니."
할머니의 말은 누워 있는 내게도 힘이 되는 소리였다. 나 때문에 깔깔대며 수다 떨기를 좋아하던 누나들마저 웃음이 사라졌다.
"섭아? 먹고 싶은 것 없어? 누나가 볶기 해줄까?"
셋째 누나는 애처로운 눈빛으로 나를 바라보았다. 누나는 만날 괴롭힌 내가 밉지도 않은 모양이었다.
"싫어……."
볶기라면 사족을 못 쓰는 나인데도 이상하게 달콤한 볶기의 맛이 잘 떠오르지 않았다.
실은 나도 병원 문을 나설 때부터 지금까지 나의 왼쪽 다리가 떨어져 나간다는 생각을 하면 겁이나 죽을 것만 같았다. 나도 이런 내 속마음을 내보이고 싶었지만 어머니의 얼굴을 보면 그렇게 할 수가 없었다.
오늘은 어머니도 가게에 나가지 않았다. 평일에 이처럼 온 식구가 저녁을 함께 먹는 시간은 처음인데도 다른 때보다 식사 시간은 아주 짧게 끝이 났다.
"왜 더 안 드시고요?"
상 위에 숟가락을 올려놓으며 먼저 일어서는 아버지에게 어머니는 걱정스런 눈빛을 보냈다.
"밥 생각이 없네. 나 좀 나갔다 올게."
방을 나서는 아버지의 손에는 담뱃갑이 들려있었다. 아마 나가서 담배를 피울 모양이었다. 나는 우리 아버지가 담배를 피울 줄 안다는 것을 이때 처음 알았다. 조금 뒤 다시 방으로 들어온 아버지에게서 나는 담배냄새가 나의 코를 찔렀다.
"섭아, 걱정하지 마……. 별일 없이 꼭 금방 나을 테니까……."
고개를 숙이며 담요 위로 내 다리를 매만지는 아버지의 손은 찬기가 느껴졌다. 아버지에게서 맡아보는 담배냄새도 처음이었지만 눈시울이 붉어진 아버지를 보는 것도 처음이었다. 이날 이후에도 어머니와 나는 치료를 위해 삼일에 한번 꼴로 노량진에 있는 병원을 다시 찾았다. 그리고 어머니는 내가 병원에 가는 날이면 절박한 심정으로 안 다니던 새벽기도까지 다녀왔다. 그런데 한 가지 이상한 것은 이처럼 병원을 자주 다녀야 하는데도 왜 입원을 하지 않았냐는 것이다. 혹시나 병원비 때문이었는지 모르지만 이런 몸으로 어머니의 등에 업혀 멀리에 있는 병원까지 간다는 것도 너무 힘든 일이었다.
이 병원에 다니게 된 이후부터 전도사님만 드나들던 우리 집은 목사님과 교인들로 북적이며 찬송가가 울려 퍼지는 날이 많았다. 물론 이때마다 나도 두 손을 모으고 열심히 기도를 했고 어머니와 할머니는 눈물까지 흘려가며 내 병을 고쳐 달라 떼를 쓰는 것 같았다. 얼마간의 나의 간절한 기도에 인자하신 하나님이 기도를 들어준 걸까. 목사님의 말처럼 기적과도 같이 나의 다리는 수술을 하지 않고도 일어서 걸을 만큼 좋아졌다. 그리고 마지막 병원을 찾은 날 어머니는 원장님을 붙들고 당신의 은인이라며 그동안의 마음고생을 털어버리기라도 하듯 펑펑 울어댔다. 물론 우리 가족 모두도 잃었던 웃음을 다시 찾았지만 아버지의 눈가에는 이때도 눈시울이 붉어있었다.

나의 몸이 완쾌되어 갈 즈음 이번에는 나의 마음을 아프게 하는 것이 있었다.

내가 그렇게도 가지 않길 바랐던 중학교에 배정이 된 것이다. 내가 배정받은 학교는 봉천동 일대에서는 일명 깡패학교라고 불릴 정도로 학생 대부분의 꿈은 황당하게도 커서 잘나가는 건달이 되는 거였다. 오죽하면 신입생들의 안전을 위해 입학 후 한동안은 학부모와 선생님들이 버스정류장까지 함께 걸어가며 학생들을 경호해줄 정도였으니 사정이 이러한데 누군들 이 학교에 다니고 싶었겠는가. 하지만 이제 내가 다닐 학교인 관계로 굳이 좋은 점을 한 가지라도 꼽으라면 주변 어느 학교 학생이든 이 학교 배지를 달고 있는 아이들에게는 쉽게 시비를 걸지 못한다는 점이었다.

이런 환경 탓에 나의 학교생활이 순탄치만은 않을 거란 걱정과는 달리 나는 동네 주먹대장이던 사촌형의 후광을 업고 소위 말하는 일진이라는 아이들 틈에 끼여 편하게 지낼 수 있었다. 덕분에 미친개라는 별명을 가진 미술선생님에게 허구한 날 얻어터지며 다니긴 했어도 학교에서 나를 건드리는 아이들은 없었다. 대게는 학생주임이나 체육선생님들 중에 무서운 사람이 있는 게 보통인데 미술선생님이 이런 건 참 별난 케이스였다.

우리 학교의 짱은 병규라는 아이였다. 병규는 2학년 1학기가 끝나갈 무렵 우리 학교로 전학을 왔고 권투를 배운다고 했다. 까무잡잡한 얼굴에 조금 마른 듯한 외모였지만 가느다란 손목에 붙어있는 주먹은 권투를 해서 그런지 유난히 커보였고 눈매 또한 날카로웠다. 병규가 전학 온 이후 학교에는 전설 같은 이야기가 나돌았다.

"병규 걔 다른 학교에서 20대1로 싸웠는데 싸그리 다 죽여 버리고 우리 학교에 전학 온 거라는데!"

"맞아! 병규 주먹에 스치기만 해도 뼈가 으스러진데!"

"아마……. 일대일 원터치로 쪼개면 고등학교 형들도 병규를 이길 사람이 없을걸."

이런 소문 덕분에 병규는 수많은 아이들의 도전을 받아줘야만 했고 그때마다 매서운 주먹맛을 유감없이 발휘했다. 그러던 어느 날 드디어 이리도 무성하게만 떠돌던 병규의 실력을 제대로 확인할 수 있던 때가 왔다. 유난히 깡다구가 좋기로 소문난 싸이클부 주장 영인이와 몇몇 부원아이들이 결투를 신청했고 학교 뒷산 숲속에서 벌어진 5대1의 결투에서 병규는 당당히 이기고 돌아온 것이었다. 비록 이 일로 인해 미친개에게 끌려가 미술실에서 갖은 옥고를 치루고 나와야 했지만 이때부터 병규는 그 누구도 부정할 수 없는 확실한 우리의 짱이 되었다. 병규의 모습은 영인이와 같이 힘깨나 쓴다는 다른 아이들과는 달리 힘없는 약자를 괴롭히거나 무시하는 비겁한 아이는 아니었다. 그리고 병규의 이런 모습은 나로 하여금 자연스레 이 아이를 따르도록 만드는 힘과도 같았다.

화창한 가을 오후 병규가 일망타진한 싸이클부 아이들의 벽을 치는 자전거 체인 소리가 들리지 않아 학교는 그 어느 때보다 평화로웠다. 그날 이후 나는 쉬는 시간과 점심시간 대부분을 병규네 반에서 보냈다. 박쥐처럼 요리저리 붙는 성격은 아니지만 병규가 전학 온 이후부터 지금까지 나는 줄곧 병규와 친해지려 무던히도 노력했다. 사실 병규가 오기 전까지만 해도 영인이와 같이 일진에 있던 다른 아이들의 덕을 톡톡히 본 건 사실이었다. 하지만 병규와 비교해 보면 그 아이들은 속된말로 양아치로 밖에 보이지 않았다. 같은 반 아이들의 돈을 뜯기도 하고 지나가는 아이를 불러 세워 이유 없는 손찌검에 새 옷을 입은 것이 못 마땅해선지 무릎을 꿇리고 옷을 더럽게 만들어야만 직성이 풀리는 듯했다. 사촌형 덕분에 선배들의 신신당부로 일진이라는 아이들 무리에 끼어 학교생활을 했지만 나도 모르게 자꾸만 물들어가는 내 모습에 이러지 않게 해달라고 교회에 가 기도를 한 적도 있었다. 병규는 아이들의 이런 행동마저도 바로잡았고 이건 미친개도 하지 못한 것이었다. 그래서 나는 병규를 닮고 싶어 했고 친해지기 위해 노력한 것이다. 역시 사내들이 친해지기 위한 공통된 주제로는 여자아이 얘기만한 것이 없으므로 나는 늘 병규에게 나의 로맨스에 대한 이야기를 풀어놓았다.

  배윤희. 이 아이는 홍콩여배우를 닮았다고 해서 동네에서 꽤나 유명세를 탔던 아이였다. 유명세답게 여자 친구임에도 불구하고 얼굴 한번 보기가 무지 어려웠다. 또 부모님이 어찌나 엄했는지 들킬까봐 불안해하며 웬만해선 밖에서 단둘이 만나는 일을 무척이나 꺼려했었다. 그래서 그나마 윤희와 단 둘이 시간을 보낼 수 있었던 때는 이 아이가 학원에서 돌아오는 길에서였다. 나는 윤희를 보기 위해 매일같이 시간에 맞추어 버스정류장에 나가 기다렸다. 하지만 항상 통금 시간을 지켜야 한다며 버스에서 내려 집으로 곧장 뛰어가는 바람에 우리의 데이트는 버스정류장에서 윤희의 집 앞까지 헐레벌떡 뛰어가며 하는 것이 전부였다. 그러니 이 아이를 사귀면서 둘이 한 얘기를 합쳐봐야 몇 마디 되지도 않을 것이다. 얼굴이 예뻐 아쉽기는 했지만 나는 뛰는 것이 힘들어 윤희와는 얼마 못가 그만두기로 했다.

최은영. 은영이는 우리교회와 왕래가 잦았던 영광교회의 중등부 부회장이었다. 윤희처럼 홍콩여배우를 닮을 정도의 미모는 아니지만 우윳빛의 하얀 피부색으로 나의 눈을 사로잡아 윤희와 헤어진 후 얼마 안 돼 사귀게 되었다.

은영이네 집은 이층이었는데 우리가 무슨 비극의 주인공 로미오와 줄리엣도 아니고 나름 이슬만 먹고 산다고 자부하는 이 아이의 부탁으로 달빛 없이 어두운 밤을 틈타 은영이의 방 창가에 서서 작은 돌멩이로 창문을 맞히는 것이 내가 온 것을 알리는 신호였다. 이럴 때면 은영이는 도둑고양이처럼 살금살금 집안을 빠져나오곤 했다. 그다지 엄한 집도 아니어서 굳이 이럴 필요까지는 없는데도 그놈의 이슬이 뭔지. 진정 자신이 비극의 여주인공이라도 된 듯 나를 바라보는 눈동자마저 애절해보였다. 이처럼 은영이도 알 수 없는 구석이 있긴 했지만 윤희처럼 체력적으로는 나를 힘들게 하진 않았기 때문에 나는 은영이의 열다섯 번째 생일을 함께 보낼 수 있었다. 은영이를 위해 준비한 나의 생일선물은 하얀색 화선지에 곱게 싼 은수저 한 벌이었다. 병규는 생일선물로 은수저를 준 것이 웃기는 일이라고 했지만 우리 집에서는 귀하게 여겼던 것이기 때문에 나도 무슨 생각으로 준건지 몰라도 할머니의 말을 듣고 그저 귀하다는 생각에 선물한 것 같다. 물론 이날 이후 우리 집은 집에 도둑이 들었다고 한

바탕 난리가 나긴했어도 은수저로 인해 은영이가 나를 대하는 태도가 달라진 것은 틀림없었다.

　조주연. 이 누나는 우리교회 고등부 은정이 누나의 친구이자 교회 문학의 밤이란 행사 때 플루트 연주로 찬조출연을 해준 누나였다. 무대 위에서 은빛 플루트를 연주하던 주연이 누나의 모습에 반해 은정이 누나에게 주소를 물어 펜팔을 시작했다. 가끔 은영이는 누나와 나를 두고 의심의 눈초리를 보일 때가 있었지만 결단코 양다리는 아니었고 그럴 만한 사이도 아니었다. 눈에서 멀어지면 마음에서도 멀어지기 마련인지라 결국 얼굴 한번 제대로 보지 못하고 주고받던 편지는 얼마 못가 나의 불찰로 끝이 나고 누나와의 관계도 소원해졌지만 누나는 진정한 나의 첫사랑이라고 말할 수 있다. 그리고 누나에 대한 이런 나의 마음을 병규에게 처음으로 고백했다.

　나의 로맨스를 들을 때마다 병규는 감탄사를 연발하며 나의 로맨스가 대부분 교회에서 이루어져 그런지 교회에 대해 호기심을 보였고 병규는 자신의 로맨스 대신 나에게 권투를 가르쳐 줄 때가 많았다.

# 15

 '따르르릉! 따르르릉!'
 "여보세요."
 "섭아 빨리 가게 와서 아버지 좀 모시고 가!"
 전화기에서 들려오는 어머니의 음성으로 이미 나는 아버지가 어떤 상태인지 알 수 있었다.
 아버지는 몸이 좋아진 이후 일을 하러 나가지는 않았다. 대신 그때부터 여태껏 가게로 나가 어머니를 도왔다. 그런데 술이 옆에 있어 그런지 날이 갈수록 술에 취해 어머니 애를 태우는 때가 많아졌다. 아버지는 단골들이 주는 술을 마다할 수 없다 했지만 내가 보기에도 어머니말대로 당신이 좋아 마실 적이 많아보였다. 그리고 얼마 전 큰 누나와 둘째 누나가 차례로 다녀간 이후부터는 이런 전화를 부쩍 많이 받게 되는 것 같았다.

　큰 누나가 집에 다녀간 것은 매형과 이혼 이후 처음이었다. 내가 부산을 다시 찾은 건 누나가 예식을 올리고 몇 해가 지나서였다. 누나가 사는 시댁은 우리 집에 왔던 부터 나는 여자와는 다르게 허름해 보였다. 억양이 높아 사납게 들리는 말투 빼고는 시어머니도 누나를 다정하게 대해주는 것 같았다.

　조카 승환이가 걸음마를 시작할 무렵 누나 네는 시댁에서 나와 분가를 했다. 누나가 새로 이사한 집은 영도라는 곳에 있었고 다섯째 작은집처럼 높은 계단을 많이 올라야 나오는 집에 살았다. 경치는 바다가 보여서 그런지 다섯째 작은집보다는 좋았다.

　하지만 무슨 영문인지 누나 네는 분가한지 얼마 안 돼 다시 시댁으로 들어갔다. 그리고 누나가 사준 청 거북이를 주머니에 넣어 서울 오는 기차에 몸을 실은 것이 내가 부산 큰 매형을 볼 수 있던 마지막이었다. 누나와 매형은 성격차이라는 이유로 이혼을 한 것이다. 누나는 이혼하기 전에도 아버지 앞에서 결혼생활이 순탄치 않음을 토로하며 원망 섞인 말을 한 적이 있었다. 하지만 아버지는 천성이 그런 건지 누나의 말에 철없이 지 멋대로 시집을 가놓고는 무슨 할 말이 있냐며 등을 돌리기 일쑤였다. 이런 아버지의 행동 때문인지 얼마 전 집에 온 누나의 원망은 극에 달했었다.

　왜 시집을 가겠다는 나를 말리지 않고 내버려 뒀냐고, 어떻게 부모가 돼서 이렇게 무관심 할 수 있냐고, 또 중학교도 못가 공장에 다닌 이야기까지. 현재에서 시작된 원망은 어릴 적 과거의 시시콜콜한 이야기로까지 번져갔다. 이혼한 이유가 성격차이라고 했지만 아버지에게 울부짖으며 하는 누나의 말을 들어서는 매형의 구타와 모진 시집살이가 참으로 고됐음을 알게 됐다. 둘째 누나도 큰 누나가 시집 가고 그 이듬해인가에 포클레인 운전을 하는 사람을 만나 결혼을 했다. 하지만 둘째 누나의 결혼 생활도 그리 순탄한 길이 아니었다. 갑작스럽게 찾아온 매형의 사고로 인해 너무나 일찍 사별을 해야만 했다. 그 충격으로 인해 심한 우울증에 시달리며 하루하루를 약으로 버텨야만 했었고, 몇 해가 흘러 재혼을 했지만 이마저도 오래가진 못했다. 둘째 누나 역시 아버지의 무관심에 대해 원망하기는 큰 누나와 마찬가지였다. 표현은 달랐지만 누나들이 부르짖는 공통된 주제는 가난이 싫어 빨리 벗어나기 위해 결혼을 선택했다는 것이었다. 냉랭하기만 하던 아버지도 이 말에는 수긍하는 눈치였지만 내심 억울함과 서운함이 뒤섞인 눈빛이었다.

　전화를 끊고 이내 달려간 가게에는 예상대로 아버지가 술에 취해 몸도 제대로 가누지 못할 지경이었다.

　"아버지. 집에 가요. 네, 어서요. 이제 그만 일어나세요."

　원래 술에 취한 사람이 더 무겁다는 말을 들은 적은 있지만 풍채가 좋은 아버지의 몸은 천근만근 무겁게 느껴졌다.

　"섭이구나. 그래그래, 가자. 딱 한잔만 더하고 집에 가는 거다."

　아버지는 나의 손을 뿌리치며 자리에서 일어날 줄 몰랐다.

　"아이고! 술은 무슨 술이야! 또! 빨리 집에 들어가요! 아주 저 웬수! 죽으면 술독으로 관을 짜주던가 해야지! 어이구 술하고 원수진 것도 아니고 허구한 날 술이니. 도대체 내가 제명에 살수가 없네. 살수가 없어!"

무엇이 어머니를 이렇게 만드는 건지 모르겠지만 아버지를 향한 어머니의 말투는 점점 더 사나워졌다.

"그래요. 아버지! 술 그만 마시고 빨리 집에 가게 일어나요!"

"알았다! 가자! 가! 여보 나 갑니다!"

아버지를 부축해 어렵사리 가게를 빠져나온 뒤 천신만고 끝에 집에 도착했다.

"어머니! 아들 왔어요! 어머니!"

아버지는 문지방에 걸터앉아 반쯤 드러누운 자세로 손으로 바닥을 치며 큰 소리로 할머니를 불러댔다.

"날 조금만 더 가르쳤어도…… 내가 이렇게는 살지 않아요. 머슴살이에…… 동생들 뒷바라지에 내가 왜 이렇게 고생만 해야 하는 건데요! 네! 그런데도 해준 것 없다고 동생들 원망이나 들어야 하고, 이제는 다 큰 자식들까지 나만 원망하니……. 지들 잘났다고 할 때는 언제고 왜 다 내 잘못이냐고요! 왜! 내가 어떻게 살아왔는데 나도 죽을 만큼 힘들다고……. 이런 내 맘을 지들이 알기나 한데요……."

예전에도 술이 취하면 간혹 이런 때가 있긴 했지만 아무래도 얼마 전 누나들의 말이 아버지의 마음을 이토록 아프게 하는 것 같았다. 그리고 오늘따라 아버지의 말은 나의 가슴에 더 깊이 파고들었다.

아버지는 열다섯이란 어린나이에 가족을 위해 공주 마곡사 기슭에 있었던 정 씨네 집에 머슴으로 가게 됐고 그해 6·25가 터졌다. 그래서 아버지가 논에서 일할 때 인민군들이 등에 파란 풀을 꽂고 마곡사구제 고개로 넘어오는 걸 보기도 했다고 한다.

이건 거짓말 같기도 하지만 창말 과수원에서 전투가 있던 날. 인민군들이 아버지에게 오른쪽 어깨 위에 옷을 올리고 가다가 남쪽 군인이 숨어있는 것이 보이면 왼쪽으로 올려 메라고 시켰다고도 했다.

어느 날 산에서 나무를 하고 집으로 돌아오는 길에 아버지는 마을 사람들에게 할아버지가 후퇴하던 인민군들에게 끌려갔다는 말을 전해 들었다. 함께 있던 유구사람 신 씨는 인민군들에게 반항하다 개머리판에 맞아죽었고 다행히 할아버지는 죽지 않고 마곡사 골짜기로 맨발로 끌려갔다는 것이다.

아버지가 걱정하는 것 외에는 아무 것도 하지 못하고 기다리고만 있을 때 늦은 새벽 할아버지는 집에 돌아왔다. 이렇게 무사히 살아 돌아 온 할아버지 말에 의하면 인민군들이 할아버지를 나무 앞에 세워두고는 서로 죽이라고 농담하듯 떠밀었다고 했다. 그런데 장교쯤 보이는 한 사람이 가까이 다가와 할아버지의 손을 보더니 이 사람 너무 고생을 많이 한 사람이니 그냥 살려서 돌려보내라 했다고 한다. 이 말에 천천히 돌아서 내려오는 할아버지는 뒤에서 총을 쏠까봐 두려웠지만 고개를 넘어 올 동안 아무 일 없이 무사히 집에 돌아오게 된 것이다. 우리 아버지는 지금도 할아버지를 살려준 그 사람이 할아버지를 어여삐 여긴 산신령일 거라고 믿고 있다.

이런 일이 있은 후 할아버지는 무서워서 살던 곳을 떠나 가족을 데리고 창말이라는 곳으로 이사를 하게 되었고 아버지는 여기서도 머슴살이를 했다. 이곳에서의 머슴살이 조건은 일 년 계약에 쌀 한 가마였다. 원래는 이것보다는 더 받아야 하지만 아직은 아버지가 어린 나이여서 어쩔 수 없었고 흥정 끝에 옷 두벌 정도를 더 해주기로 하고 머슴살이를 시작했다.

어머니가 시집온 후에는 아버지는 머슴살이를 끝내고 나무를 해다 팔았다.

결혼 후 얼마 안 돼 군에 입대한 아버지가 제대 후 돌아와 보니 아버지의 집은 땅주인에게서 쫓겨나 창말 구석밭골이라는 더 깊은 골짜기로 이사를 가 있었다고 한다. 아버지가 아끼는 물건 중에 군복무 시절 찍은 사진도 있지만 검정색 나무궤짝 또한 아버지의 보물과도 같았다. 얼마나 귀하게 여기는지 지금까지도 이 궤짝은 53년째 우리 집을 지키고 있다. 유독 아버지는 군 생활에 애착이 많았다. 이 궤짝의 유래 또한 아버지가 군 복무를 마쳤던 대전 공군부대 시설대대에서부터이다. 군 입대 후 옷이며 사물을 넣어 보관하는 용도로 시설대대에서 짜준 궤짝이었다. 아버지는 기나긴 삼년 삼 개월이라는 군 생활을 마치고 제대비 삼천 원을 손에 쥐고 집으로 돌아왔다고 한다. 아버지는 그 시절 이야기가 나오면 지금도 한스러운 것이, 할아버지 할머니를 위해 제대비로 고기와 술이라도 사서 집에 왔어야 했는데 돈벌이를 위해 돼지새끼 한 마리 살 생각밖에 없어 돈만 들고 집에 왔다는 것이었다. 사실 제대하고 집에 온 아들에게 집에서 맛난 것을 해주어야 하는 것이 맞는데도, 맏이라 그런지 아버지는 오히려 빈손으로 집에 와 부모님이 서운했을 거란 생각을 한 모양이다.

제대 후 집에 돌아와 다시 머슴살이를 시작한 아버지는 얼마안가 새로운 직업을 갖게 되었다. 전쟁이 끝난 후 이북에서 피난 온 사람들이 아버지가 사는 마을에도 비단 짜는 걸 퍼트렸고 아버지도 이

기술을 배운 것이었다. 아버지의 일은 방에 베틀을 놓고 비단을 짜서 위탁소에 가져가 실하고 바꾸어 온 뒤 염색하고 풀 매겨 다시 내다 파는 일이었다.

아버지는 이천백오십 오라기나 되는 실 가닥을 한 시간이면 다 이었다고 지금도 자랑을 하곤 한다. 이 덕분에 삼촌들도 아버지가 시키는 대로 베틀을 돌리며 비단 짜는 일을 했다. 그래도 머슴으로 사는 것보다는 훨씬 더 편안한 생활이었으리라. 하지만 비단 짜는 일도 신식 기계를 갖춘 큰 직조공장이 생기는 바람에 머지않아 그만두어야 했고 아버지는 돈을 벌기 위해 홀로 서울에 올라갈 결심을 했다.

이렇게 해서 아버지와 어머니는 또 기약 없는 생이별을 해야만 한 것이다.

추운겨울, 보따리 하나들고 혈혈단신 서울로 상경한 아버지는 눈이 많이 내리던 어느 날 연탄공장을 기웃대다 사장 눈에 띄어 연탄공장에서 일을 하게 되었다. 이렇게 일자리를 잡은 후로도 또 몇 해가 지난 후에야 어머니와 아버지는 다시 만날 수 있었다.

밤낮을 가리지 않고 이를 악물고 악착같이 돈을 모아온 덕분에 어머니가 서울에 올라왔을 때는 다행히 상도동 밤골이라는 곳에서 방 한 칸에 부엌 하나 딸린 오천 원짜리 전셋집에 살 수 있었다. 아버지는 그때를 회상하며 지금도 어머니 앞에서 월세가 아닌 전세라는 것에 스스로를 대견스러워 한다.

어머니가 처음 서울에 온 날 밤 이것을 기념해 아버지는 손수 수제비를 끓여주었다. 그런데 이날 밤 웃지 못할 사건이 생겼는데 인기척이 없어 부엌에 있던 아버지가 방문을 열어보니 어머니가 죽은 듯

이 쓰러져 있었다는 것이다. 보통 사람이라면 느끼지도 못할 만큼의 미세한 양의 연탄가스였지만 연탄이란 것은 구경도 해보지 못한 어머니가 그새 연탄가스에 중독되었던 것이다. 어찌 보면 가슴 아픈 사연이지만 나는 지금도 이 생각만 하면 미소가 지어지곤 한다.

서울로 올라와 전셋집까지 마련한 걸 보면 그래도 이제 먹고 살만큼은 되었다고 생각했는데 아버지의 말로는 이때까지도 제대로 된 흰쌀밥을 먹기란 어림없는 일이었다고 한다. 돈이 없어 어머니는 눈곱만큼의 흰쌀과 밀 껍데기에 닭 사료를 섞어 만든 지을 밥이라는 것을 들고 추우나 더우나 점심때가 되면 아버지가 일하는 연탄공장으로 배달을 했다. 그런데 아버지의 소개로 함께 일하던 둘째 삼촌은 참으로 철없게도 밥이 이게 뭐냐며 어머니에게 투정을 부렸다고 한다. 어머니가 서울로 올라온 그 해 둘째와 셋째 삼촌도 서울로 올라오게 됐고 이때부터 방 한 칸에 네 식구가 살게 된 것이다.

아버지가 연탄공장 일을 그만두고 수도 고치는 일을 배우면서 봉천동으로 이사 온 후에 내가 태어났다. 내가 태어나고 얼마 안 돼 아버지는 돈을 벌기 위해 강화도로 가야 했고 또 다시 아버지와 어머니는 떨어져 살 수밖에 없었다. 봉천동으로 이사 온 후에도 함께 지내던 둘째 삼촌은 이 무렵 상도동에 있던 조그마한 절에서 결혼식을 올렸고 셋째 삼촌은 다시 시골로 내려가 그곳에서 결혼을 했다고 한다.

뒤늦게 서울로 올라온 넷째 삼촌은 우리 집에 머물며 아버지가 강화도에서 돌아 온 그 해에 결혼을 했는데 칠 형제 중 유일하게 예식장에서 예식을 올려준 삼촌이 이 삼촌이라고 한다. 신혼여행은 택시 타고 남산을 한 바퀴 도는 것으로 끝을 냈고 첫 날밤을 우리 집 다락방에서 보냈다.

이렇게 봉천동으로 이사 온 후 내가 태어난 집에서 삼촌들을 장가 보냈다고 하니 어머니의 고된 삶은 서울에 올라왔다고 해서 그리 달라지진 않았을 것이다.


"섭아 미안하다. 애비가 미안해……. 다 내 잘못이다. 내 잘못이야. 동생들이 원망하는 것도 내 잘못, 큰 것들이 원망하는 것도 내 잘못, 너도 나 원망하지. 미안하다 미안해……."

아버지는 이제 나에게 연신 미안하다는 말을 되풀이했다.

할머니, 할아버지는 지금껏 아버지의 말에도 아무런 반응이 없었다. 다른 때도 이러기는 매 한가지였지만 오늘은 이런 행동이 아버지를 더욱 서럽게 만드는 것 같았다. 얼마 후 아버지는 아무 말 없이 잠잠해졌고 거친 숨을 몰아쉬며 그대로 잠이 들어있었다. 이런 아버지의 모습에 나의 콧날이 시큰거렸다. 겨우 겨우 아버지를 일으켜 방에 눕혔다. 이날은 아버지의 자는 모습에 한참동안이나 눈을 뗄 수가 없었다.


"섭아 너희 베토벤도 부모님 모시고 오라고 했어?"

베토벤은 우리 담임을 두고 하는 말이다. 음악을 가리켰고 덥수룩하고 꼬부라진 머리스타일이 베토벤을 닮았다고 해서 병규는 이렇게 불렀다. 말을 끝낸 병규는 심드렁한 얼굴로 자리에 주저앉더니 괜한 분필만 땅에 짓이기고 있었다.

"응. 우리도 모시고 오라고 하더라. 우리 베토벤이 이런 거에 빠지는 거 봤냐."

"그러게. 베토벤 가라사대 면담하는 날엔 돈이 있나니! 에이 짜증난다. 돈이지 뭐……. 이제 슬슬 학력고사 볼 때가 되니까 돈 달라는 거지 뭐! 안 그냐?"

어느덧 쪼그리고 앉아있는 병규 앞에는 학교에서 몰래 가져온 분필들이 마치 무덤처럼 수북이 쌓여있었다.

"야! 이한섭! 너 졸고 있냐. 왜 아무런 대꾸도 없어?"

"어. 그게……. 그렇지 뭐."

사실 나는 병규를 만난 이후 줄곧 다른 생각에 빠져 있었다. 어제 아버지가 쏟아내던 말들이 쉽게 잊히지가 않았다. 실은 나도 은연중에 아버지를 원망하고 가난은 아버지의 무능력함에서 온 것이라고 믿었던, 가난에 대한 오해와 편견들이 내 머릿속을 가득 메우고 있었기 때문이다. 초등학교 시절 할아버지의 카세트데크 덕분에 종아리를 맞은 이후 아버지는 단 한 번도 나에게 손찌검을 하지 않았다. 하지만 어제는 아버지에게 둔탁한 무엇인가로 실컷 두들겨 맞은 듯 미안함과 동정심으로 온 몸이 아팠었다.

"병규야. 근데 너……. 고등학교 갈 거야?"

초등학교 때부터 나는 원체 공부에는 관심도 없던 터라 굳이 고등학교에 가야 한다는 생각은 하지 않았다. 이 같은 나의 생각은 나와 비슷한 처지에 있는 병규도 같을 거란 생각을 했다.

"나. 나야 당연히 가고 싶지 않지. 근데 우리 꼰대가 자꾸 가라네. 공부 못해도 복싱만 잘하면 학교 간다고. 근데 왜? 섭이 너도 별로야?"

"…… 응. 난 별로 가고 싶지 않아."

병규의 말은 내 생각과는 빗나갔다. 실은 병규의 대답을 듣고 내가 고등학교를 가지 않겠다는 것에 대한 합리화와 이런 나의 뜻을 병규도 함께 해 준다면 힘이 될 것 같아 물었던 것이다. 그런데 이제 보니 물론 자신의 아버지 때문이라고 하지만 병규는 나와는 조금 생각이 달랐던 것이 영 내 마음을 석연찮게 했다.

"아……. 난 우리 꼰대 학교 올 생각하니까 걱정이다. 분명히 청바지에 맹꽁이 신발 꺾어 신고 올게 뻔한데. 아이 쪽팔려!"

나도 병규네 아버지를 본 적은 없어 뭐라 할 말은 없지만 속으로는 설마 하는 생각이 들었다. 하지만 며칠 후 병규네 아버지의 등장은 학교를 발칵 뒤집어 놓을 만큼 쇼킹했다. 설마 했던 병규의 말대로 밑단이 짧은 미달바지에 맹꽁이 신발을 꺾어 신고 다른 때도 아니고 멀쩡히 수업하는 성스러운 수업시간에 학교 운동장 한복판을 빙빙 돌고 있으니 웬만한 학교 아이들의 눈에 띄기란 식은 죽 먹기였다. 아이들은 수업이 끝나자 일제히 창문에 달라붙어 병규네 아버지가 온 것을 구경했고 학교의 짱인 병규의 아버지를 본다는 것이 신기하게 보이는 듯했다.

이날은 우리 어머니도 학교에 오는 날이었다. 물론 병규네 아버지처럼은 아니지만 나와 초등학교 입학식에 갈 때만큼 꾸미고 오지는 않았다.

모든 수업이 끝나고 나는 어머니를 데리고 교무실로 갔다.

"엄마. 우리담임 별로야. 나한테 신경도 잘 안 써. 그니까 절대 그

뭐야 돈······. 행여나 돈 같은 거 줄 생각 마. 알았지!"

　며칠 전 병규의 말을 흘려듣긴 했지만 사실 오늘 어머니의 방문은 고등학교에 가기 위한 부모님과의 면담이란 허울 속에 여기에는 병규의 말대로 돈 봉투를 바라는 베토벤의 음흉함이 숨어있는 것을 나도 알고 있었다. 그래서 나는 고등학교에 전혀 갈 마음이 없다는 것을 어머니에게 지금 말해주고 싶었지만 차마 입이 떨어지지 않았다. 교무실 앞에서 어머니의 들어가는 뒷모습을 보는 나는 마음이 편치 않았다.

　나는 담임 복이 없었다. 아니 복이 없던 게 아니라 공부를 못하고 가난하면 그냥 담임 복이 없는 것 같았다.

　'이런 제기랄.'

　보지 말아야 할 것은 꼭 더 잘 보인다더니. 내 눈에 일어서기 직전 어머니가 베토벤에게 하얀 봉투를 건네는 것이 목격됐다. 순간 분한 마음에 울화가 치밀었다. 일 년이 다 되어 갈 동안 베토벤이 나에게 해준 거라곤 그저 황송하게도 셀 수없는 따귀와 무시하며 모욕감을 준 것이 전부였는데 이런 인간에게 돈 봉투라니. 입학식 때도 오지 않았던 어머니가 처음으로 학교에 와 하고 간 것이 고작 이런 담임에게 돈 봉투를 주고 간 것이었다. 교무실을 나온 어머니에게 나는 한마디 말도 하지 않았다. 나의 말을 듣지 않은 것도 화가 났지만 자식을 대신해 고개를 숙이게 만든 것에 대해서도 할 말이 없었다. 어머니와 헤어진 후 나는 이내 병규가 있는 체육관으로 달려갔다.

　"병규야. 나 고등학교 가기로 했다."

　"왜?"

"우리 엄마가 베토벤한테 돈을 줬어. 그러니까 아까워서라도 가야지 꼭 가야겠어."

"그래. 잘 생각했다. 나도 가야지 뭐. 우리 꼰대랑 싸우기도 싫고. 봤지? 우리 꼰대? 섭아. 우리 고등학교 같은 학교 갈까?"

"에이 그게 뭐 우리 맘대로 되나. 나도 그럼 좋겠다. 네가 있으면 고등학교 가도 전혀 무서울 게 없을 텐데 말이야."

"그치. 한번 기도해 봐. 너 기도 잘 하잖아. 혹시 아냐. 그렇게 될지."

"그럼. 한번 기도 해봐?"

스산한 겨울바람이 옷깃을 파고들었다.

겨울이 지나고 따뜻한 봄이 와도 내 마음은 아직 얼어 있었다. 병규는 그의 아버지 말대로 권투특기생으로 고등학교에 갔지만 나는 공부를 너무 늦게 시작한 탓에 시험에 떨어지고 말았다. 이참에 다시 고등학교를 가지 말까 하는 생각도 들었다. 하지만 최소한 고등학교는 나와야 한다는 부모님의 부탁으로 나는 대학도 아닌 고등학교를 재수해야만 하는 신세가 됐다. 재수를 한다는 것도 그리 생각 같이 쉽지만은 않았다. 나름 공부에 대한 스트레스 때문인지 병규와 함께 다른 친구들과 어울리며 하지 않던 담배며 술까지 입에 대기 시작했다. 이런 나를 위해 우리 교회 목사님은 기도했다. 이 때문인지 그 해 여름 교회수련회에 가게 된 나는 간증을 하리만큼 변화되었다. 그리고 자신들마저 변화시키려고 하는 나의 모습이 낯설었는지 아이들은 더 이상 나와 어울리려 하지 않았다. 그렇게 친하던 병규마저 그랬다. 이렇게 아이들과의 관계가 소원해질 즈음 어느 날 병규를 앞세워 함께 어울리던 아이들이 나를 찾아왔다.
"섭이 너 기왕 할 거면 열심히 해라."
"이제 너는 우리의 희망이다!"
"대충 대충 공부하면 우리한테 죽을 줄 알아."
병규는 마지막으로 나에게 못을 박았다. 뜻밖에 찾아온 아이들의 기대와 격려는 나를 더욱 열심히 공부하게 만들었다. 다음 해 나는 고등학교에 입학하게 됐다. 아주 좋은 성적은 아니어도 기대 이상 좋은 점수로 고등학교에 들어가게 됐다. 입학 후 학교생활에 쫓기어 축하인사를 받은 후 병규와의 만남은 한동안 뜸해질 수밖에 없었다. 그러던 어느 날 늦은 저녁 병규가 불쑥 집에 찾아왔다. 여느 때와 다름없이 우리는 축대 위 경로당이 있는 놀이터로 향했다. 놀이터에 도착해 벤치에 앉고 보니 병규의 추리닝 바지주머니가 불룩하게 솟아 있는 게 이제야 눈에 들어왔다.
"병규야 주머니에 뭐야?"
"이거."
병규는 아무렇지도 않다는 듯 주머니에서 소주 한 병을 꺼내들었다. 소주가 나왔다고 해서 그리 놀랄 일은 아니었다. 나는 병규가 술을 마시는 걸 알고 있었고 간혹 내 앞에서 담배도 피우는 걸 봤기 때문이다.
"섭아. 나 학교 그만 둘란다."
병규는 가지고 온 소주 뚜껑을 이로 따더니 이내 한 모금 들이켰다.
"엿 같아서 못해 먹겠어! 나 오늘 선배랑 한딱가리 했다."
병규는 무언가에 많이 지쳐보였다.

"아니 왜? 갑자기 왜 그러는데?"

나는 병규에 대해 그래도 꽤 많은 것을 안다고 자부하지만 지금은 왜 이러는지 전혀 짚이는 것이 없었다. 그간 본의 아니게 병규에게 소홀했던 것이 미안했다.

"씨팔! 코치고 선배새끼들이고 몽땅 다……. 힘들어서 학교 못 다니겠어. 나 그냥 자퇴할 거다. 그리고 종민이 형 따라서 일할 거야. 차라리 그게 낫겠어."

병규의 말에는 미련과 체념 같은 미묘한 감정이 섞여 있었다. 종민이 형은 우리 동네에서도 알아주는 건달로 잘나가던 형이라 병규는 그 형 옆에서 일을 하려고 하는 모양이었다.

"뭐가 그렇게 힘든데? 병규야 그러지 말고 다시 잘 생각해 봐. 지금까지 권투한 거 너무 아깝잖아."

병규는 나의 만류에도 아무런 답을 하지 않았다. 나도 병규가 그저 속상한 마음에 내게 넋두리 한다는 생각에 더 이상 말없이 입을 닫았다.

하지만 병규와 만난 이후 얼마 안 가 병규가 정말로 자신이 말했던 대로 학교를 그만두었다는 소식을 들었다. 그 이유가 선배와의 마찰 때문이었다는 이야기도 들었다. 유독 나이보다 실력이 좋았던 병규에게 권투부 선배들은 시기와 질투심에 병규를 힘들게 했다는 것이다. 그리고 더욱 마음 아팠던 건 권투부에도 병규와는 달리 잘사는 집 아이들이 있었고 그의 부모들은 코치에게 돈을 주며 잘 봐 달라 부탁했다는 것이다. 병규는 누구보다도 실력이 뛰어났지만 이런 치맛바람에 밀려 코치 눈에 들지 못하고 편애를 받았던 것을 더 이상

참지 못했던 것이라고 했다.

　나는 겨우 아홉 살 나이에 늙은 마녀로부터 터득한 너그러움에도 서열이 있다는 것을 알고 있었기 때문에 병규의 마음을 조금은 더 헤아릴 수 있었다.

　병규는 가난해서 권투를 시작했다고 했다. 또 가난을 대물림 받지 않으려 권투를 한다고 했었다.

　'아! 가슴이 아프다. 반드시 세계 최고의 챔피언이 되겠다고 내 앞에서 큰소리치며 지난시절 나의 우상과도 같은 친구가 지금 모든 걸 포기하고 말았다.'

　병규마저 학교를 그만둔 지금 그야말로 나는 병규 말대로 친구들의 희망이었다. 이렇게 병규와 나는 서로 다른 길을 가게 되었고 이후 병규의 모습은 볼 수가 없었다.

　내가 고등학교 2학년에 올라갈 무렵 우리 집은 또 한 번의 변화가 찾아왔다. 작은아버지들이 힘을 합쳐 우리 집을 입식으로 개조해 준 것이다. 나는 밖에 나가지 않고도 집 안 화장실에서 볼 일을 볼 수 있게 되었고 보일러를 놓아 따뜻한 물로 샤워를 할 수도 있었다. 하지만 작은아버지들에 대한 나의 고마운 마음은 그리 오래 가지 못했다. 제사 때마다 크고 작은 다툼은 늘 있었다. 하지만 집이 새로 만들어진 이후 이것에 대해 생색이라도 내듯 왠지 더 심해졌고 매번 다툼의 크기는 걷잡을 수 없을 만큼 컸다. 사춘기가 지나고 나의 머리가 커갈수록 작은아버지들 간의 다툼은 나에게 극심한 스트레스로 작용했고 작은아버지들과 마주치기 조차 꺼려지게 만들었다.

어릴 적 나이순으로 배급을 주어 우리들에게 평화를 찾아주었던 어머니에게도 아버지 형제들 간의 싸움에는 달리 평화를 찾는 방법을 찾지 못했던 것이었을까.

여섯째 삼촌이 다른 형제들에 비해 유독 술을 좋아하긴 했지만 아버지를 비롯해 다른 형제들 모두가 술을 좋아하긴 마찬가지였다. 술은 언제나 아버지와 형제들 간의 싸움의 화근이었다.

그래서 나는 술을 마시지 않는다. 작은아버지들은 술을 마시지 않는 나에게 이 씨 집안사람 같지 않다고들 하지만 나는 지금도 술이라면 절로 고개가 돌려진다. 취하면 취할수록 처음과는 다르게 험악한 말들이 오가고 언성이 높아지면 어느새 나이순으로 편이 갈려 격렬한 언쟁이 시작된다. 그러면 말도 안 되는 걸 가지고 시비를 걸고 누가 더 맞고 틀리나를 가려가며 자신들의 주장을 관철시키려 끝내 주먹다짐을 할 때도 있었다. 이것은 단지 여동생 하나 없이 사내들만이 우글우글 모여 살아 거칠어졌다고 하기에는 나의 눈에 비친 어른들의 모습은 이해가 가지 않았으며 나를 질리게 했다.

어머니도 이런 작은아버지들의 행동에 치가 떨릴 정도로 징글징글하다고 했지만 내가 보기에는 작은아버지들 간의 싸움에 어머니도 일조를 한건 사실이었다. 싫다하면서도 제사 때만 되면 작은아버지들을 주기 위해 과일주를 담가 인심 쓰듯 속 깊은 잔에 퍼 나르기 바빴다. 이런 어머니를 이해할 수 없었지만 어쩌면 시동생들에게 과일주라도 담가 무언가를 베풀 수 있다는 것이 조금이나마 큰 형수 노릇을 한다는 스스로의 위로감을 얻고자 했던 것 같기도 하다.

싸움이 막바지에 다다를 때쯤이면 이때는 마치 서로의 마음에 조금이라도 더 상처를 주기위해 작정한 사람들 같아보였다. 작은아버지들의 무서운 독설에는 마치 굶주린 승냥이의 이빨과 발톱과도 같은 잔인함이 묻어있었다. 온 집안은 삽시간에 뾰족한 가시넝쿨로 뒤덮여갔다.

가장 큰 공격의 대상이 되었던 사람은 당연 우리 아버지일 수밖에 없었다. 일곱 형제 중 맏이라는 이름으로 동생 건사에 대한 원망과 한 섞인 말을 들어야만 했다. 그때의 작은아버지들의 말은 정말 야박하리만큼 차가운 말들로 아버지의 마음에 못을 박는 말들이었다.

더 이상 어릴 적, 힘을 모아 괴롭힘을 당한 형제를 위해 앙갚음을 해준 우애 깊은 형제의 모습이 아니었다. 아마도 서로를 위해 힘을 모았던 그때의 고마움은 잊어버린 듯했다.

자식들이 이러한데 이쯤 되면 당연히 할아버지라도 나서서 호되게 호통이라도 쳐야 하건만 우리 할머니 할아버지는 방바닥에 붙어 있는 돌부처처럼 아무런 미동도 없었다. 자식이 아니라 길 가던 남이라도 싸움이 나면 말리는 게 당연지사인데 작은 참견조차 하지 않았다.

나는 이런 행동이 자식에 대한 무관심으로 밖에 보이질 않았다. 작은어머니들도 나와 같은 생각인 듯했다. 자식은 역시 부모를 닮는다고 했던가. 이럴 때면 꼭 우리 아버지가 할아버지를 꼭 빼다 박은 것 같았다. 이런 부모가 야속하기라도 하다는 듯 싸움의 끝은 할머니 할아버지에 대한 원망으로 이어졌다.

"아버지 어머니 이렇게 사시는 게 좋으세요? 자식들은 힘들어 다 죽어가게 생겼는데 어머니 아버지는 우리 걱정이나 하며 사시냐고요? 대체 부모가 돼서 우리한테 해준 게 뭐가 있냐고요."

 이런 말을 듣고도 할머니 할아버지는 아무런 대꾸도 하지 않았다. 작은아버지들을 바라보지도 않았다. 할머니 할아버지가 이럴수록 부모에 대한 원망은 더욱더 날카로워졌다. 작은아버지들이 돌아간 후 우리 집은 마치 썰물이 빠지듯 고요해졌다. 어머니는 제기를 닦고 아버지는 이것을 종이박스에 옮겨 담았다. 할머니는 어머니를 도왔지만 할아버지는 여전히 미동조차 없었다. 오늘 밤은 할머니 할아버지 어머니 아버지 모두가 외로워보였다.

 어느 날 학교에서 돌아와 보니 작은어머니들이 모두 우리 집에 모여 있었다. 특별한 일도 없이 이렇게 모두가 모인 건 처음 있는 일이었다. 제사를 지낸지도 며칠 안 돼 무슨 일인가 싶어 어머니에게 물어보니 며느리들을 한자리에 모이게 한 주인공은 바로 할아버지였다. 어머니에게 들을 수 있는 건 이게 전부였다. 어머니뿐 아니라 작은어머니들조차 우리 집에 모인 이유를 아직 알지 못했기 때문이었다. 할아버지를 기다리는 어머니의 얼굴에는 긴장감이 감돌았다. 할아버지가 며느리들을 이렇게 한데 불러 모은 건 처음 있는 일이라 모두가 긴장되는 건 마찬가지인 듯했다.
 나는 할머니에게 미리 귀띔이라도 받을까 했지만 할머니는 할아버지가 오면 들을 수 있다 며 말을 잘랐다. 이상하게 내가 더 긴장되고 궁금해졌다. 나는 약속이 있었지만 궁금증을 풀지 않고서는 집 밖을 나갈 수 없었다.
 "다녀오셨어요."

드디어 모두가 기다리던 할아버지가 집에 왔다.

"그래 다들 모였구나."

할아버지의 손짓으로 작은어머니들은 일제히 자리에 앉았다.

"아버님! 저희한테 무슨 하실 말씀이라도 있으세요?"

어머니는 모인 작은어머니들을 대표해 먼저 말을 꺼냈다.

"그게 별일은 아니고 내가 너희들한테 줄게 있어서 말이야."

할아버지 말에 나는 귀를 의심하지 않을 수 없었다. 작은어머니들도 나와 같은 눈치였다.

"네. 무슨 말씀이세요?"

"우리 아버님이 며느리들한테 선물 주시려나보네. 그렇죠. 아버님?"

며느리들 중 가장 성격이 밝은 셋째작은어머니의 말에 긴장된 분위기가 조금은 느슨해졌다.

"그래 맞다. 내가 오늘 너희들한테 선물 줄게 있어서 불렀어."

곧이어 할아버지의 부름에 할머니는 방에서 조그마한 종이 손가방을 하나 들고 나왔다. 그 안에는 일정한 크기의 네모 상자가 포장이 되어 한 가득 채워져 있었다. 할아버지는 이내 하나씩을 꺼내 어머니와 작은어머니에게 나누어 주었다.

"큰 건 아니고 내 성의니까 받아둬. 애들아 그동안 고생 많았다."

"아버님 어떻게 이런걸."

"아버님이 돈이 어디 있다고 이렇게 비싼 걸 주세요."

"그러게요. 아버님이나 쓰시지 저희들이 뭐 한 게 있다고."

"아니다. 내가 죽기 전에는 너희들한테 꼭 이것만은 해주고 싶었어. 더 값나가는 걸로 해줘야 하는데 미안하다. 큰애야 그동안 이 두 늙은이 거두느라고 고생 많았고 다른 애들도 없는 살림 꾸려가며 자식들 보살피며 아등바등 사느라 고생이 많았어. 못난 시아비 만나 팔자 한번 펴보지 못하고 지금까지 어렵게 살기만 하니 내가 너희들한테 면목이 없어 낯을 들 수가 없구나. 너희들 덕분에 우리 이 늙은이들만 편하게 살았어. 어여 이제 그만 우리가 가줘야 하는데……."

"왜 그런 말씀을 하세요. 저희들이 뭐 해 드린 게 있다고……."

할아버지의 말이 끝나자 여기저기에서 훌쩍이는 소리가 들렸다. 할아버지가 선물한 것은 금반지 한 돈씩이었다. 도대체 할아버지가 어디서 이런 돈이 났을까를 고민하는 동안 불현듯 할머니의 구리반지가 떠올랐다. 할아버지는 구리를 납작하게 펴서 만든 반지를 할머니에게 끼워준 적이 있었다. 할아버지는 몇 해 전부터 구리가 들어 있는 전선을 모으기 위해 아픈 다리를 이끌고 전선을 주우러 다녔다. 전선을 주워오면 거의 반나절 걸려 손끝이 헤지도록 전선에서 구리만 빼서는 한데 모았다. 이렇게 할아버지는 그동안 반지를 사기 위한 돈을 마련하기 위해 전선을 주우러 다닌 것이었다.

나도 할아버지에게 선물을 받은 적은 있다. 할아버지는 메이커운동화를 갖고 싶어 하는 나에게 폐품을 팔아 모은 돈의 전부를 기꺼이 주었다. 어쩌면 그때도 지금처럼 나를 위해 다리품을 팔아가며 온 동네를 누볐는지도 모른다.

솔직히 할아버지를 생각하며 아끼려 했던 건 아니지만 나는 할아버지가 사준 운동화를 아껴 신으려고 집에 오면 걸레로 바닥을 닦아 방으로 가지고 들어갔다. 그래서인지 지금도 나는 물건을 아끼는 것이 습관처럼 되어버렸다.

반지를 손에 낀 어머니와 작은어머니들 모두는 숙연해졌고 반지를 선물하기 위해 할아버지가 겪었을 고통을 헤아렸는지 가슴이 메는 듯 흐느꼈다. 이것이 당신을 그토록 원망하던 자식들에게 처음이자 마지막으로 할아버지가 남겨주신 유산이었으며 그렇게도 표현조차 하지 않던 할아버지의 사랑이었다. 할아버지가 조금만 더 빨리 반지를 주었더라면 지난번 제사 때는 삼촌들의 원망을 듣지 않아도 됐을까……

내가 변화된 이후 교회 일이라면 나는 자다가도 벌떡 일어날 만큼 열심이었다. 그중에도 성가대를 하게 된 것은 나의 꿈을 성악가가 되는 것으로 만들었다. 타고난 것인지 꽤 목청이 좋았던 나는 학교 서클도 선교활동을 하는 가스펠 중창단에 가입해 활동을 했다.

우리 반 용균이는 2학년 때 같은 반이었던 용재와 일란성쌍둥이였다. 용균이는 이런 나의 꿈을 누구보다도 열렬히 지지해주던 아이였다. 용균이네 아버지는 공무원이라는 직업에 걸맞게 엄하고 곧은 성품을 가졌다. 밤에 일어나는 세상의 모든 일들은 모두 다 나쁜 일만 있는 거라며 밤이 되면 절대로 돌아다녀서는 안 된다는 아버지의 말을 받들어 용균이는 늦은 밤 외출 한번 하지 않는 반듯하게 자란 아이였다.

용균이의 꿈은 유명한 영화감독이 되는 거라고 했다. 용균이는 공부를 아주 잘하는 친구였다. 그래서 얼핏 보면 나와는 그다지 친해질 만한 공통분모는 없었다. 하지만 성악가와 영화감독, 왠지 예술가 냄새가 물씬 나는 이것만으로도 우리는 친해질 수 있었다. 용균이는 체육시간 나무그늘 아래 앉아 할아버지가 용을 봤다는 나의 허무맹랑한 이야기도 예비영화감독답게 진지하게 들어주었다. 학교가 끝나면 우리는 함께 집에 가며 수다 떠는 재미에 청소당번이 틀릴 적에도 청소시간이 끝날 때까지 한사람이 수돗가에서 기다리곤 했다. 이런 우리의 우정을 꼴사나워 하는 이가 있었으니 그는 다름 아닌 3학년 6반 우리 담임이었다. 그는 우리 둘 사이를 떼어놓기 위해 부단히도 노력했다. 공부 잘하는 애가 나 같은 꼴통과 어울리면 공부 잘하는 애에게 안 좋은 영향을 끼친다는 거였다. 이거야 원 사람 나고 공부 났지 공부 나고 사람 났나. 도대체 이런 부류 인간들의 차별의 끝은 어디까지 일까.

용균이는 지금도 우스갯소리로 날 안 만났다면 자기는 서울대 갔을지도 모른다며 너스레를 떨어대곤 한다. 이걸 보면 그가 말하던 논리가 맞았는지도 모른다.

어느덧 입시 때가 다가오고 나도 내 방 벽에 붙은 호세카레라스의 사진을 보며 성악가의 꿈을 키워갔다. 성악과를 가기 위해서 제일 중요한 것은 부단한 나의 노력도 있지만 더불어 필요한 것은 레슨도 받아야 한다는 것이다. 다른 아이들도 혼자의 힘으로는 하기 힘들어 다들 레슨을 받았다. 이건 나의 꿈을 이루는 것에 있어 산과도 같은 커다란 걸림돌이었다. 우리 형편에 레슨을 받는다는 것은 현실적으로 불가능하기 때문이다.

"엄마 나……. 레슨 받아야 해."

어느 날 나는 고민 고민 끝에 어머니에게 레슨에 대한 말을 꺼냈다.

"레슨? 레슨이 뭔데? 무슨 말이야?"

어머니는 레슨이라는 말조차 생소한지 이내 나에게 되물었다.

"성악과를 가려면 대학교수나 대학생 형들에게 돈을 주고 배우는 거야. 학원 다니듯이……."

"그걸 꼭 해야 한다니?"

일부러 그럴 리야 없겠지만 어머니는 아직도 심각성을 모르는 것 같았다.

"응. 대학 가려면 꼭 배워야해. 근데 많이 비싸……."

"얼만데?"

"한 시간에 몇 십만 원도 내야 하나봐."

사실 나는 중창단 선배 중에 연대 성악과에 다니는 형에게 레슨비를 미리 알아봤지만 얼마다 라는 정확한 금액을 선뜻 말할 수 없었다.

"몇 십만 원!"

생각보다 금액이 컸는지 어머니는 많이 놀란 표정이었다. 몇 십만 원이라니. 우리 어머니가 가게에서 온종일 관절염이 생기도록 서서 일해도 고작 몇 만원 벌 때도 부지기수인데 어머니가 받아들이기에는 너무도 큰 금액이었음은 분명했을 것이다.

"아니야. 그냥 한번 해 본 소리니까 신경 쓰지 마. 우리 돈 없잖아."

나는 맘에도 없는 말을 내뱉었다. 내 머릿속에 있는 말과 입에서 나오는 말이 서로 달랐다.

"나 혼자 하면 돼. 아니면 그냥 대학가지 말지 뭐!"

나의 말을 들은 어머니는 나의 눈을 똑바로 쳐다보지 못했다.

"무슨 레슨이라는 게 그리 비싸다니? 없는 게 죄지……. 그러게 소도 비빌 언덕이 있어야 비비지……."

미안해서 그러는 건지 몰라도 속상한 나에게 되레 어머니의 푸념을 늘어놓다시피 했다.

어차피 예상하고 있었던 것이었다. 나는 어머니에게 말하기 전에 혹시 몰라 미리 교회에 도움을 요청해봤었다. 거절당한 후로 나는 속상함보다는 못 오를 나무라는 생각에 포기가 더 빨랐다.

며칠 후 성악가란 꿈조차 회의가 느껴지고 포기하고 싶을 때 어머니는 나에게 레슨비를 마련해 볼 테니 한번 해보라고 했다. 그 동안 아버지와 상의해 내린 결정이었다.

나는 좋았다. 이태리 가곡집과 코르위붕겐을 끼고 다니는 내 모습을 보면 마치 부잣집 도련님이라도 된 것 같은 착각마저 들게 했다. 아무 탈 없이 몇 차례 레슨을 받고 난 뒤 이놈의 고질적인 병과 같은 가난은 나를 편히 놓아주지 않았다. 어릴 적 누나들은 육성회비를 제 때 내지 못해 어머니와 신경전을 벌인 때가 있었지만 나는 다행히 지금껏 그런 걱정까지는 하지 않았다. 하지만 지금 나는 레슨비를 줘야하는 날이 되면 그때의 누나들처럼 레슨비를 두고 어머니와 신경전을 벌여야 했다. 아니 신경전이라기보다 나의 미안함이 이렇게 표현되는 것 같았다.

이런 일이 반복되면서 나는 자연스레 레슨 받는 것을 그만두게 되었다. 물론 이걸 두고 부모님도 무어라 말하지 않았다. 아마 나와 어머니 모두 이런 신경전에 지쳐 있었던 것 같았다. 그리고 어쩌면 당신들이 버거워하던 레슨에 대해 내 스스로 부모님을 위해 그만두는 것에 대한 결정을 내리길 바라고 있었는지도 모른다. 그리고 이제 레슨을 그만둔 것은 당신들은 떳떳하며 절대적으로 나 혼자만의 결정이라는 듯 말없이 지켜보는 부모님이 실망스러웠다.

나는 이런 부모님이 야속했다. 예전에 미련 없이 포기했던 때와는 사뭇 다른 마음이었다. 차라리 그때 그냥 내버려 두었더라면 더 나았을지도 모른다. 그것이 오히려 나를 더 비참하게 만들지 않았을 것이다.

이게 고작 나에게 보여줄 수 있는 최대한이란 말인가. 나는 어릴 적 운동회 때 자장면을 사주는 아버지의 모습이 다시금 떠올랐다. 그래도 그것이 당신들이 나를 위해 베풀 수 있는 최대한의 사랑이라 여기며 고마워했는데 지금은 이마저도 그저 성의 없이 자장면 한 그릇에 사랑을 베풀었다는 듯 돌아서는 무심한 아버지로 밖에 보이지 않았다.

이것이 누나들이 말하던 무관심이란 생각도 들었다. 나라면 자식을 위해 어떤 방법을 써서라도 레슨비만은 만들어줬을 것이다. 아버지와 어머니의 자식에 대한 사랑이 너무도 얕게 느껴졌다. 그리고 실망스러웠다.

나는 어머니를 원망했다. 일 안하고 어머니 곁에 있는 아버지를 원망했다. 어느 날 아버지의 속내를 듣고 그 심정을 이해하고 동정하며 아파하던 때도 있었지만 지금 아버지를 생각하면 무능력하다는 생각이 다시금 솟구쳐 오른다. 그리고 그때의 아파하던 마음과 현재의 마음이 내 가슴속에서 뒤죽박죽 뒤엉켜버렸다.

세상의 이치를 깨닫게 될 쯤 나는 집을 나왔다. 나는 이제야 돈을 벌어야 한다는 생각을 했다. 초등학교 시절 한모가 깨달았던 것을 나는 너무 늦게 알아버린 것 같았다.

나는 대학을 포기하는 대신 돈을 벌기 위해 가수가 되기로 결심했다. 막연한 생각이지만 이왕 노래하는 것을 좋아하고 돈을 버는 일을 선택해야 한다면 시쳇말로 돈 벌 수 있는 딴따라가 되기로 했던 것이다.

운이 좋았는지 우연히 알게 된 성은이 누나의 소개로 무명가수였지만 자신의 앨범은 가지고 있는 혜성이라는 형을 만나게 되었고 내가 묵을 거쳐도 마련이 되었다.

형의 소개로 살게 된 곳은 우이동에 있는 한 작곡가의 집이었다. 집안 청소와 이 사람의 잔일을 해 주는 것이 내가 돈을 내지 않고도 이곳에 머물 수 있는 조건이었다. 어찌 보면 아버지가 했던 머슴살이처럼 느껴져 서글프기도 했지만 나는 지금 그럴 겨를도 없을 뿐더러 이곳에서 음악을 배울 수 있다는 생각에 결정을 내리게 된 것이다.

혜성이 형은 가수가 되려면 먼저 양아치가 돼야 한다고 늘 부르짖었다. 그러므로 양화대교를 걸어서 건너야 한다는 말도 안 되는 논리를 펼칠 때가 많았다. 이런 논리는 술이 취하면 곧바로 행동으로 옮겨졌고 기타를 둘러매고 나를 데리고 이 다리를 건너곤 했다. 이렇게 다소 엉뚱하고 괴짜 같은 면이 있지만 때론 나의 처지에 대해 진지하게 고민해 주었다.

형에게서 나는 가수란 직업의 미래가 내가 바라는 이상과 현실이 많이 다르다는 것을 알게 되었다. 하지만 두려움보다 알 수 없는 자신감이 나를 멈추지 않고 계속 가게 만들었다. 혜성이 형을 통해 부정적인 면도 배웠지만 반면 새로운 세상에 눈을 뜨게 되었다. 이름만 대면 알만한 당시로는 최고의 유명 가수를 알게 되었고 나는 그 가수를 쫓아다니며 음악에 심취되어 있었다. 아니 음악보다는 내가 한 번도 경험하지 못한 그 화려한 생활에 취해 있었다.

다른 세상에 눈을 뜨면 뜰수록 집으로 돌아오는 길 동네 어귀에 다다를 때면 예전에는 미처 몰랐던 것들이 나의 눈에 들어왔다. 도무지 사람이 살 수 없을 것 같은 쥐 굴과 같은 동네의 모습. 가뜩이나 좁은 골목에 거치적거리고 지저분하기 짝이 없는 어머니의 화단. 누나들의 투정과 아버지의 궁색한 변명을 들으며 그저 고마운 마음으로 살아야만 했던 쓰러져 가는 우리 집.

예전에는 보이지 않았던 이런 것들은 나를 불행한 사람으로 만들기 시작했다.

어린 시절 동네 아이들과 뛰어놀던 비행기산이 있는 우리 동네. 꽃향기를 맡으며 화단이 있다는 것만으로도 우쭐해하며 자랑스러워했던 어머니의 작지만 화사했던 화단. 비록 손바닥만 하고 비가 새긴 했어도 지금껏 나에게 더없는 편안함을 주었던 우리 집. 나는 이 모든 것들에게서 행복함을 느꼈건만, 어느새 이것들에 대해 경멸하며 도피하고픈 속물이 되어버렸다.

아! 이 모든 것이 그저 꿈이기를……. 다시는 잠에서 깨어나지 않길 바라며 깊은 잠에 빠져버렸다.

「지금 이 순간 당신 앞에 놓인 모든 것들이 불행하게만 느껴진다면 당신은 불행한 것들에 대해서만 가슴속에 나열하고 있지는 않은가. 또 코앞에 있는 행복은 보지 못한 채 불행이라는 그물 속에서 허덕이며 빠져나오지 못하는 것은 아니었을까.

당신에게만 찾아온 것처럼 보이는 불행에 대해 다시금 생각해 보라. 그리고 나에게 주어졌지만 잊고 살았던 수많은 행복의 단어들 중 열 가지만 떠올려 보라. 행복은 곧 당신의 마음속에 있는 것이기 때문이다.」

내가 집 떠나 생활한지도 많은 시간이 흘렀다. 그동안 나는 다행히도 피 한 방울 섞이지 않은 많은 이들에게 수많은 도움을 받으며 차곡차곡 나의 꿈을 향해 발을 내딛고 있었다. 물론 꿈에 그리던 가수도 됐다. 그러나 앨범이 나온 지 불과 2개월도 채 안 돼 표절에 걸려 나의 가수생활은 끝나버렸다. 하지만 비록 가수로서 성공하지 못하였더라도 지금 나는 내가 집을 나올 때 다짐했던 것 이상 잘 살아가고 있다. 내 안에 자리 잡고 있던 부모님에 대한 원망과 가난이란 것에 대한 가슴속 한 또한 서서히 사그라졌다.

가난이라는 굴레는 생각보다 나를 짓누르는 큰 무게의 짐은 아니었다. 오히려 나는 이것으로 인해 남들이 갖지 못하는 것들을 느끼고 깨닫게 되었다.

비록 부모님들은 나에게 가난이란 것을 물려주었지만 이것은 나에게 어떤 시련이 와도 포기하지 않고 무엇이든 주어진 일에 최선을 다해 열심히 일할 수 있는 원동력이 되어주었다.

그러니 내가 표절로 걸려 가수를 못하게 됐다 해도 이제 이런 것쯤은 웃으며 이겨낼 수 있는 용기와 넓은 가슴이 생긴 것이다. 가수로서의 활동을 접은 이후 나는 음반회사에 들어가 프로듀서로서 나름 자리를 잡아가고 있었다.

그 무렵 나는 그동안 모아둔 돈으로 우리 가족을 새로운 집으로 이사시켰다. 나의 넉넉지 못했던 돈 때문에 비록 햇볕이 들어오지 않는 빌라의 반 지하로 이사를 갔지만 방이 세 개나 있었고 대문 밖에서 벨을 누르면 안방 문 옆에 붙어있던 인터폰 모니터로 사람의 모습도 볼 수 있었다. 화장실도 널찍한 것이 욕조까지 한쪽 구석에 자리 잡고 있었다. 무엇보다도 집안에서 그나마 볕이 제일 잘 들어오는 베란다는 어머니의 화단을 만들기에는 더 없이 좋은 곳이었다. 아버지는 새로 도배가 된 집에 이사하기 전에도 하루가 멀다 하고 매일같이 드나들었다.

"섭아. 네 덕분에 나는 이제 소원 풀었다! 할아버지 할머니 돌아가시기 전에 이렇게 넓고 좋은 집에 모시게 돼서 나는 이제 더 이상 소원이 없어. 고맙다. 고마워."

아버지는 고마움에 눈물을 글썽거렸다. 이사한 후 나도 집으로 다시 들어오게 됐다. 참으로 오랜만에 맡아보는 가족의 채취였다.

하지만 얼마안가 조카를 데리고 우리 집 인근에 살던 둘째 누나에게 내 방을 내어주고 나는 다시 집을 나가야만 했다.

# 16

 "섭아. 빨리 집에 와야 할 것 같아. 할머니가······."
 어느 날 이른 아침. 어머니의 다급한 전화가 걸려왔다. 전화를 끊고 나는 한동안 침대에 멍하니 걸터앉아 우두커니 있었다. 새벽까지 녹음하느라 아직 잠이 덜 깬 것도 있지만 할머니가 돌아가실 것 같다는 어머니의 말은 침대에서 나의 발을 떨어지게 하지 않았다.
 겨우 정신을 차려 얼굴에 물만 묻히고 양치질하는 것도 잊은 채 밖으로 나가 차에 올랐다.
 수해 전 외할머니가 돌아가실 때 나는 병원에 늦게 도착해 임종을 지켜보지 못했다. 그런데 어쩌면 오늘은 할머니의 임종을 지켜보게 될지도 모른다. 아니 마지막이 될지도 모르는 할머니의 얼굴을 반드시 봐야 했기 때문에 나는 필사적으로 액셀러레이터를 밟았다.

집에 도착해 황급히 문을 열고 들어가자 할머니가 누워있는 자리 주위로 작은아버지들과 작은어머니들이 흐느끼며 둘러앉아 있었다.

"어머니…… 죄송해요. 못난 자식들이 만날 원망만 하고 효도 한 번 제대로 하지 못해서 죄송해요……."

"어머니, 안돼요……. 이렇게 가시면 안돼요……. 저희들은 어쩌라고요……. 흑 흑 흑."

"미안해 어머니. 만날 술이나 마시고 속만 썩여서……. 나 장가가는 거 보고 가야지. 응! 눈 좀 떠 봐. 왜 갑자기 이렇게 된 거야. 나 좀 봐봐. 나 여섯째야. 여섯째……."

여섯째 삼촌은 아직 결혼을 하지 않았다. 젊은 시절부터 지금껏 술을 좋아하고 자유를 찾아 떠도는 것은 여전했다. 그리고 이런 삼촌을 두고 가는 것이 할머니의 마음을 가장 아프게 했을 것이다. 삼촌도 이제야 자신의 과거를 떠올리며 후회와 반성에 목이 메는 듯했다.

작은아버지들과 작은어머니들은 마치 고해성사라도 하듯 앞 다투어 반성의 눈물을 하염없이 쏟아내고 있었다. 그리고 할머니는 이런 자식들의 고백을 다 듣고 나서야 조용히 숨을 거두었다. 할머니가 세상을 떠난 후 할아버지는 장례가 치러지는 삼일 내내 식음을 전폐하다시피 하며 할머니 영정 앞을 지켰다. 몸 상한다는 어머니의 만류에도 잠시도 자리를 떠나지 않았다. 내가 본 할아버지의 모습 중 가장 외롭고 어두운 모습이었다. 할아버지의 얼굴은 마치 영양분을 다 빼앗겨 죽어 말라비틀어진 나뭇가지 같았다. 무척이나 야위고 쓸쓸한 모습이었다. 할머니의 죽음 때문에도 그렇지만 할아버지의 이런 모습은 우리 가족 모두를 가슴 저리도록 슬프게 만들었다. 할머니의 장례를 다 마친 이후 할아버지는 어머니의 걱정처럼 한 발짝도 떼지 못할 정도로 심하게 앓아누웠다. 병원에서는 할머니의 대한 그리움으로 생긴 상사병이라고 했다. 의사의 권유로 병원에서 다시 집으로 오던 날 할아버지는 할머니의 사진을 부둥켜 안고 한참동안이나 소리 내어 울었다. 그리고 이것이 할아버지가 할머니를 그리며 울었던 마지막이었다. 집으로 돌아온 후에도 얼마동안을 시름시름 앓던 할아버지는 그로부터 한 달이 채 못 되어 할머니 곁으로 가게 된 것이다. 할아버지의 죽음에 사람들은 호상이라며 우리를 위로했지만 우리 가족 모두는 할머니 때보다도 훨씬 많은 눈물을 흘려야만 했다.

  할아버지의 시신은 평소 할아버지가 소원하던 대로 할머니 옆에 나란히 눕혀 할머니와 합장을 했다. 할아버지를 묻고 돌아오는 버스 안에서 나는 문뜩 이런 생각이 들었다. 할아버지를 죽게 한 것은 의사의 말대로 정말 할머니를 그리는 상사병 때문이었는지도 모른다. 하지만 나는 생각이 달랐다. 할머니에 대한 그리움과 사랑, 당신의 반쪽을 잃은 슬픔, 이런 것보다는 세상에서 유일하게 당신의 마음을 헤아려 준 사람. 자식들에게 해주지 못한 죄책감과 미안함으로 선뜻 용기 내어 사랑한다는 말조차 표현하지 못하고 있을 때 당신의 서글픈 마음을 알아주던 사람. 할아버지는 이런 할머니를 잃은 것에 대한 외로움과 혼자가 되어 자식 앞에 서야 된다는 것에 대한 두려움에 겁이 나 어디로든지 도망가고 싶었던 심정을 이기지 못한 것일지도 모른다.

언젠가는 우리 아버지 어머니도 할아버지와 같이 누군가 먼저 앞서 가버린 반쪽의 영정 앞을 지켜야 할 날이 올 것이다. 이런 때가 온다 해도 할아버지가 영정 앞을 지키며 느껴야만 했던 슬픔들을 우리 부모님만은 절대 느끼지 않길 바랐다.

비록 지금 당신은 혼자이지만 당신의 마음을 우리는 알고 있다는 것도 말해주고 싶다.

부모님 당신들은 할아버지 할머니가 그랬듯 자식들에게 해 주지 못하는 것에 대한 미안함으로 우리들에 대한 사랑과 관심의 표현조차 할 수 없을 만큼 용기가 나지 않아 주저하고만 있었다는 것을 알고 있다고. 표현하지 않았던 것 뿐 당신들 마음속에는 늘 우리에 대한 너무도 깊은 사랑과 관심이 있었다는 것을. 그 마음도 몰라주고 항상 해 준 것 없다는 이유로 무시하고 등한시했던 우리의 모습. 당신들은 이런 우리가 얼마나 야속했을까.

자식들 앞에 서 있는 당신들의 모습은 또 얼마나 초라하고 비참하게만 느껴졌을까. 우리의 잘못이 있다 해도 해주지 못한 미안함으로 큰소리 한번 치지 못하고, 자식이 잘 되어도 해주지 못했지만 자식 스스로가 잘 해냈다는 생각에 칭찬조차 할 용기마저 내지 못했던 당신. 그 덕에 우리들 모두는 우리들 스스로가 잘나서 잘 됐다고들 착각하고 있었던 것은 아니었을까.

우리들은 당신들에게 언제나 투덜대고 원망만 할 줄 알았지 자식이라는 핑계로 당신들의 마음을 이해하려 들지도 않았고, 우릴 위해 고생하는 당신들에게 따뜻한 위로의 말 한마디조차 하지 않았다. 육남매에 노부모까지 봉양하며 억세게 살아온 우리 어머니. 여섯 명의 동생들과 아홉 식구를 위해 한 평생 몸이 부서져라 밤낮을 가리지 않고 뛰어다닌 아버지.

　나는 이 세상을 살아가면서 정말 수많은 사람들에게 고맙다, 고생한다는 말을 수도 없이 해왔었다. 하지만 정작 여태껏 우릴 위해 헌신한 당신들에게는 단 한마디 이런 말들을 하지 않았으니. 나의 이런 무심함에 당신들의 마음은 얼마나 서글프고 무너져 내렸을까.

　나는 감히 이제라도 말할 수 있다. 당신들의 마음을 헤아릴 수 있다고, 그러니 이제 그만 당신들의 사랑이 얼마나 컸던가를 당당히 외치고 자식들 눈치 안보며 편해지길 바란다고, 그리고 나의 곁에 오래오래 살아주길 바란다고.

　내가 앞으로 태어날 내 자식들에게 그렇게 하려고 하듯…….